Hé hallo

Roos Verlinden

Hé hallo

Gottmer · Haarlem

ISBN 978 90 257 4341 3 / NUR 343

© 2007 Uitgeverij J.H. Gottmer / H.J.W. Becht BV,
Postbus 317, 2000 AH Haarlem
(e-mail: post@gottmer.nl)
Uitgeverij J.H. Gottmer / H.J.W. Becht BV is onderdeel van de Gottmer
Uitgevers Groep BV
Omslagontwerp: Marius Brouwer, Haarlem
Zetwerk: Peter Verwey Grafische Produkties bv, Heemstede
Druk en afwerking: Bariet, Ruinen

1

De stormachtige wind gierde om de kerktoren en blies fel tussen de geparkeerde auto's door. 'Nee, je stoort niet,' zei Ard Banckert in de microfoon van zijn mobiele telefoon terwijl hij met zijn stationwagen het parkeerdak opreed van het overdekte winkelcentrum. 'Maar wacht een tel, ik ga juist parkeren. Wat een hondenweer is het!'

Een plastic draagtas dolde fladderend in het rond, kletste tegen een autoportier en bleef er kwaadaardig klapperend tegenaan kleven. Er waren meer plassen dan auto's, en vrije parkeerplaatsen in overvloed. Ard parkeerde achteruit in, vlak bij de overkapping waar een rolband het winkelcentrum in leidde. Een meeuw op de balustrade vloog geschrokken op en zwenkte weg, het luchtruim in. In een oogwenk verdween hij als wit vlekje tussen de daken van de stad.

'Ik sta. Kom op met je verhaal.'

De auto stond te schudden in de wind. Dat deden ook de vlaggenmasten en lantarenpalen. En voor de zoveelste keer smeet de hemel een plensbui neer. Het liep tegen kerst, maar het leek wel herfst.

Onder de overkapping wachtte Lotte van der Elster met volle boodschappentassen de bui af. Het licht was daar nota bene gaan branden alsof het al avond was. De regen kletterde op het platte dak.

Wat een afschuwelijk weer! Het hoort te sneeuwen of te vriezen, vond ze.

Ook Ard had die mening. Hij hield van het beeld van ademwolkjes, dikke wollen bivakmutsen, en boodschappentassen met prei voor erwtensoep.

Je wangen horen nu te tintelen van de vrieskou, dacht Lotte. Ze had nog wel in de herfst een ongelooflijk leuke muts gekocht...

Maar daar had je niets aan als je net van de kapper kwam, zoals nu. Ook niets aan een paraplu trouwens. Ze vleide met twee handen zo losjes mogelijk de capuchon van haar nieuwe, in de uitverkoop gekochte regenjas over haar kapsel. Gelukkig was die capuchon uitermate ruim. Een beetje té, volgens haar jongste dochter Marije.

Met het koordje in de zoom zover aangetrokken dat alleen nog haar neus en ogen vrij waren, leek het ding meer op een astronautenhelm. Geen gezicht, had de uitdrukking van afschuw op Marijes mooie jonge vrouwengezichtje verraden.

'Hoe bedenken ze het! De jas zelf is juist zo zwierig en elegant, die staat je prachtig. Alleen die capuchon… die is voor de sier en niet om te gebruiken.'

'Niets aan te doen,' mompelde Lotte nu. De kappersbeurt daarnet had een kapitaal gekost. Wilde je er morgen, als haar oudste dochter Bonne op Schiphol aankwam, nog iets van terugzien, dan moest ze nu maar voor schut lopen. Juist voor Bonne had ze haar 'best wel mooi krullende lokken' in een nieuw model laten knippen en laten kleuren om maar geen spoortje grijs te hebben. De kwalificatie was van Bonne, en die was kritisch. Als kleuter al was ze geïnteresseerd in uiterlijkheden en later, als scholier, was ze styling- en presentatiecursussen gaan volgen. Inmiddels werkte ze als stewardess bij het Amerikaanse luchtvaartbedrijf waar haar man, en jeugdliefde, verkeersvlieger was. Daarnaast bouwde ze in hun woonplaats Orlando in Florida, een kleding- en stylingadviesbureau op voor later, als ze niet meer vloog.

Jammer dat die capuchon veel te groot is uitgevallen, dacht Lotte terwijl ze de boodschappentassen van de grond oppakte. Het leek me zo charmant. Want ze hield van iets speciaals in het uiterlijk, zonder dat het al te opvallend was, en van grappige details bij kleding. Maar carnavalesk, nee, dat hoefde bepaald niet.

Met korte snelle passen liep ze naar haar auto. De jas fladderde wild om haar heen, de wind kon met gemak tussen de knoopsluiting door waaien. Hij bewees daarmee niet erg praktisch te zijn, het was een mooiweerregenjas. Daarom was hij natuurlijk zo enorm afgeprijsd!

Lotte huiverde toen ze de achterbak ontsloot. Niet omdat het zo koud was, het was veel te warm voor december, maar omdat ze moest plassen, té nodig om het stadsverkeer in te gaan. 'Bah, stom,' mopperde ze voor zich uit terwijl ze de tassen in de kofferbak tilde.

Ik had bij de kapper moeten gaan, dacht ze. Intussen legde ze breekbare boodschappen uit de tassen in een kratje. Nu moet ik wel naar de openbare toiletten van het winkelcentrum. Was ik nou maar niet blijven kletsen met die vrouw die ook gekleurd werd. Daardoor had ik alle aandacht voor onze gezellige vlotte babbel, maar bleef ik doof voor de signalen van hoge nood. Hoe zeggen we dat op gym ook alweer? Stom om je behoeften zo te negeren. En dat is het.

Er was een extra handje kracht voor nodig om tegen de wind in de achterklep dicht te gooien. En toen lag haar schoudertas met portemonnee óók in de kofferbak, bij de boodschappen. 'Nee, zeg!'

Had ze niet wat kleingeld in haar zak voor de toiletten?

De wind floot. Verderop klapperde een vlaggenlijn tegen een mast. Het rook een kort moment naar gebakken vis en daarna naar vers brood. Maar niet naar de bouillon van de soepfabriek, zoals vroeger.

Dat de soepfabriek in en om de stad niet meer te ruiken zou zijn, daarover had Lotte destijds haar eerste persbericht geschreven. Over hun vooruitlopen op toekomstige milieumaatregelen, kenmerkend voor hun innovatieve werkwijze en meer van die blabla.

Geen kleingeld. De achterklep weer open, de tas eruit, de klep met een dreun weer dicht.

Op een sukkeldrafje ging ze terug naar de overkapping. De capuchon klapperde, de jas wapperde, de schoudertas zwaaide en, vlak voordat de glazen deuren automatisch uiteenweken, zag ze in een kort moment van weerspiegeling zelf die idioot groot opbollende capuchon. Binnen deed ze het ding onmiddellijk af. In het glas spiedde ze hoe haar kapsel eronder vandaan was gekomen. Wonder boven wonder nog intact, en in die toch echt charmante jas zag je niet dat ze een beetje te dik was. Sterker, eigenlijk zag ze er best leuk uit. Te leuk voor openbare toiletten… en uitermate passend in het nieuwe grand café in het winkelcentrum, voor een lekkere tosti. Ook heel geschikt om daarna heel eventjes te genieten van overdekt winkelen. Ze had tenslotte als goed uitziende vrouw een vrije dag.

Al snel had zich condens op de zijruit van Ards auto gevormd. Hij had het met zijn mouw weggeveegd en door zijn armbewegingen liet zijn horloge hem zien hoe laat het was. Het telefoontje was van een zakenrelatie met een eenmansbedrijf, net als hij. De man moest een onverkwikkelijke kwestie met een leverancier van zich af praten. Geen probleem. Als eenlingen heb je elkaar nodig. Alleen, wat was die vent ook nu weer lang van stof.

Goed dat hij achteruit geparkeerd stond, zo had hij nog een beetje naar het schouwspel van voortjagende regenwolken kunnen staren in plaats van naar de blinde muur van de manshoge balustrade.

Zijn maag was gaan knorren. Het was dan ook lunchtijd en de kom goulashsoep en het broodje rosbief van zijn favoriete broodjeszaak op de Botermarkt waren al diverse keren voor zijn geestesoog verschenen. Maar daar lunchen betekende gesjouw door storm en regen. Hij kon ook iets gaan eten in het nieuwe grand café, dat scheelde tijd en nattigheid en bovendien was dat aardig tegenover Victorine, die het daar had helpen inrichten.

Toen kwam er opeens schot in het gesprek. Hij ging rechter op zitten en keek nu echt naar wat er te zien was. Naar de enige levende ziel bijvoorbeeld die bij de overkapping van de rolband naar het winkelcentrum naar buiten stapte, een vrouw met een capuchon op. Ze sjouwde met nog redelijke snelheid met twee volle boodschappentassen. Het was handiger geweest die in de supermarktkar te vervoeren. Die, oké, dan wel weer naar het karrenstation teruggebracht moest worden in dit beestenweer.

Als dolgeworden fladderde haar jas om haar heen, alsof hij mee wilde jagen met de stormwind naar verre, onbekende landen. Maar de capuchon verankerde het zaakje stevig. Wat een kanjer, de vrouw leek wel een maanmannetje met dat ding.

Hij vond het wel een komisch gezicht en grijnsde. Storm en regen brachten gelukkig wél leven in de brouwerij, dat was tenminste iets. Eerst al die lege plastic tas die er in een wilde rondedans een wervelende show van maakte, nu weer die fladderjas en in de tussentijd het stuntvliegen van een koppel meeuwen die een kraai met brood achtervolgden.

Grinnikend luisterde hij naar het resumé van de zakenrelatie. De vrouw met de capuchon kwam hardlopend terug, nu zonder tassen.

Hij keek hoe ze binnen de overkapping het gekke ding meteen van haar hoofd haalde en zag dat ze zijn achterbuurvrouw was. Een leuk mens. Dat kon hij zeggen want hij had er verstand van, vond hij zelf, ook al kenden ze elkaar alleen van gezicht.

Hij richtte zijn aandacht weer op het verhaal aan de andere kant van de lijn, dat tot afronding leek te komen, en begon intussen alvast losse troep van de passagiersstoel in het dashboardvak op te bergen. Eindelijk beëindigde de beller het gesprek. Een grimmige wolk kwam naderbij en joeg de eerste druppels al vooruit. Met reuzenstappen liep Ard de overkapping binnen. Een grote, stevige vent met zilvergrijs haar en een blozend gezicht. Een echte noorderling, zou je zeggen.

Waarom ze die morgen overduidelijk met het verkeerde been uit bed was gestapt, wist Lotte eigenlijk niet meer. Misschien had een vervelende droom de toon gezet? In elk geval had ze meteen al toen ze haar ogen opendeed absoluut geen zin in de afspraak met de kapper. Door de vele huishoudelijke klussen die wachtten? Door de wens van meer hulp? De vrouw die de praktijkruimte schoonhield vulde de overblijvende tijd keurig met stofzuigen of het soppen van de badkamer in het woonhuis. Maar er bleef nog zoveel werk over, er moest hulp bij komen, en vind die maar eens!

Nu ze met een cappuccino voor haar neus in het nieuwe grand café zat na te genieten van de werkelijk zalige tosti met brie en tomaat, kon ze er met haar pet niet bij dat ze zo chagrijnig was geweest.

'Op mijn vrije dag naar de kapper, bah, bah, bah,' had ze tegen Marije gemopperd. 'Of ik niets anders te doen heb. Uren van je tijd zit je te verdoen. Met kledderige slierten haar kun je tegen je eigen stomme hoofd in de spiegel aankijken. Leuk hoor.'

'Je kunt ook genieten van het niksen.'

'Met dat lawaai van die föhns zeker en die schreeuwerige videoclips.'

'Lees dan gezellig tijdschriften!'

'Het zijn van die stomme bladen.'

'Neem een boek mee.'

'En dan tot hoofdstuk 2 komen... in de wetenschap dat ik door de eeuwige drukte nooit aan het vervolg zal toekomen.'

'Verf je haar dan niet!' Het had geïrriteerd geklonken.

'Ja, en dan zeker met een grijs gestreept hoofd rondlopen.'

Marije had haar met een boze frons aangekeken. 'Wat wil je nu eigenlijk?'

En zij, Lotte, had bokkig haar schouders opgehaald.

Hoofdschuddend zag ze de scène terug. Beschamend... En arme Marije. Door een verbroken relatie tijdelijk bij moeder thuis. Dat gezellige mens... dat stuk chagrijn, dat niet eens aan kerst wil doen, laat staan aan cadeautjes.

Impulsief pakte Lotte haar mobieltje tevoorschijn. Ze keek om zich heen. Eigenlijk vond ze dat je niet in het openbaar hoort te bellen. Maar de buurtafeltjes waren vol bezet, er werd druk en nogal luid gepraat. Ze viel niet op, dus vooruit.

Natuurlijk had Marije de voicemail aan. Privégesprekken werden niet getolereerd in de receptie van het hotel waar ze werkte. 'Marije, met mama,' sprak Lotte zachtjes in. 'Hé, sorry, dat ik vanmorgen zo chagrijnig deed. Ik snap nu zelf ook niet meer waarom.' Ze lachte zachtjes. Er schoot haar een verontschuldigend zinnetje van Marije zelf te binnen dat haar nu goed van pas kwam. Ze kon het niet laten. 'Misschien,' citeerde ze met een lach in haar stem, 'is het wel een tekort aan liefde, weet je wel? Tot vanavond!'

Met een grijns drukte ze de telefoon uit. Ze voelde zich stukken beter, en ook de wereld om haar heen lachte haar opeens toe.

Neem dit nieuwe restaurant, dacht ze terwijl haar blik rondging. Gezellig druk. Een zalig ontspannen sfeertje door die fel gekleurde sofa's met tal van kussentjes langs de muren en de bescheiden gehouden kerstversiering. Leuk publiek. Vlotte meiden en jongens in de bediening. En echt verrukkelijke cappuccino.

Eigenlijk kon ze zich best een uurtje extra permitteren om toch een paar kleine kerstcadeautjes voor de meiden te kopen, niet vanuit een kerstverplichting maar gewoon als verwennerijtje. Dat mocht toch wel? Er waren in het winkelcentrum leuke zaakjes in overvloed. Hippe oorbellen voor Bonne. Of de kunstkalender van Nederlandse landschapsschilderijen die ze laatst zag? Een dagboek voor Marije. Of de pashminasjaal die ze zelf wilde kopen? Als ze dan toch bezig was, kon ze voor haar ouders een dvd kopen van een van hun favoriete tv-series van vroeger, en zich alvast oriënteren op nieuwe laarzen.

Nu de jongens opeens wél komen met de kerstdagen moet ik nog maar wat cadeautjes kopen, dacht Ard terwijl hij toch in de broodjeszaak zijn begeerde kom hete, goedgevulde goulashsoep leeglepelde. Voor zijn zoons was het sneu dat hun lijk van een busje de geest had gegeven, waardoor ze nu geen kerst konden vieren in Oostenrijk, in lachwekkende *Lederhosen* en met vrolijke *Dirndls*. Maar hem kwam het goed uit.

Waarom het hem tevreden stemde benoemde hij niet. Waartoe dient het ook om alle argumenten uit de kast te halen als je de conclusie al weet? Een omhaal van gedachten is dat en zonde van je tijd. Bovendien passeert er dan van alles de revue dat niet vrolijk stemt. Zoals het idee van kerstdagen alleen thuis, gedachten aan verkeersongevallen op de Autobahn, de loyaliteit van kinderen naar hun gescheiden ouders, het deels knagende en deels triomfantelijke gevoel dat hij en niet hun moeder verkozen werd, en ga zo maar door.

Hou het maar op tevredenheid en cadeautjes bedenken.

Ze hadden weliswaar al met sinterklaas aan cadeautjes gedaan, maar vooruit, cadeautjes gaven sfeer. Bovendien konden ze altijd van alles gebruiken.

Voor Michiel van 22, wist hij het meteen al. Sinds hij met zijn studie economie gestopt was en in de horeca werkte, was hij nog meer verslingerd aan koken. Een visbakpan werd het. De ovale kanjer van gietijzer uit de kookwinkel waar desnoods een hele zalm in paste maar ook met gemak zes stevige slibtongen. Zo'n ding voor het leven.

Hij schoof de inmiddels lege soepkom van zich af en zette zijn tanden in het broodje rosbief. Even mals en sappig als altijd, met een klein tipje mosterd. Hij at met smaak en wist het voor Maarten van 24 opeens ook. De nieuwste druk van het woordenboek van de Nederlandse taal. Als aankomend journalist kon hij dat best gebruiken. Nu Laurens nog...

Hij zag zijn middelste zoon voor zich. Paardenstaart, dikke trui in plaats van jas, grote zwarte uilenbril omdat hij dat nu eenmaal leuker vond dan een bril die in de mode was. En, verdraaid, het stond hem geweldig leuk. Aparte gozer. Dat had hij van zijn vader, hoewel die het bescheiden hield. Totaal anders dan zijn twee broers. En toch waren ze gedrieën de beste maten. Doordat Laurens in Groningen de kunstacademie wilde doen, besloot Maarten er te solliciteren bij een krant en Michiel om er economie te gaan studeren. Natuurlijk speelde bij die keuze ook een rol dat ze de stad en ommelanden van kind af aan kenden van het logeren bij hun inmiddels overleden opa en oma.

Nu bewoonden ze de begane grond van het huis dat hij als vader voor ze had gekocht. Hartje binnenstad. Met elkaar opgeknapt en aangepast aan de behoefte aan studentenkamers. De jongens verhuurden zelf de kamers op de etages en droegen de verantwoordelijkheid voor een nette bewoning. En hadden asielhond Ploeter als bewaker in huis genomen na een zielig stukje in de krant.

Het broodje was op. Zou hij er nog eentje... Nee! Als vijftiger moest je je beheersen, hoe goed het ook smaakte, want je werd er dik van. Hij rekende af. Buiten kletterde regen neer. Onder de luifel wachtte hij de bui af om zijn wollen winterjas te ontzien. Maar zijn regenjas was te dun, in een jack ging je niet naar een bespreking met opdrachtgevers en aan een paraplu had je niets met deze stormwind.

Intussen bracht hij in gedachten een efficiënte volgorde aan in zijn boodschappen. Eerst waarvoor hij naar de stad gekomen was, het ophalen van de bestelling bij de kantoorboekwinkel in het overdekte winkelcentrum. Daar het woordenboek voor Maarten kopen. Dan kijken naar speciale tekenmaterialen voor Laurens. Tot slot naar de kookwinkel voor de visbakpan, de leukste boodschap.

De regen stopte. Hij beende met grote passen de verlaten Botermarkt over. Zijn jaspanden wapperden, net als zijn haren. De winkeliers en restauranthouders hadden wijselijk hun reclameborden binnengehaald. De wind gierde tussen de huizen door en duwde hem de grote draaideur van het overdekte winkelcentrum in. Binnen was het druk. Hem eigenlijk veel en veel te druk. Hij liep rechtstreeks door naar de kantoorboekwinkel waar hij weer zijn achterbuurvrouw zag, pratend met een andere vrouw terwijl ze demonstratief met beide handen de capuchon van haar regenjas hoog boven haar kastanjebruine haren hield.

'Hé hallo,' groette hij met een lachje vanwege de capuchon, in het voorbijgaan.

'Hé hallo,' groette ze met een betrapt lachje terug.

2

'Nou, bij ons was het wél hartstikke gezellig,' zei Lotte tegen Karin en hun beider assistentes. Het was de eerste werkdag in het nieuwe jaar. Na een dag met natte sneeuw, een dag met mist en een dag met ijzel was het alweer zacht en regenachtig. Ze dronken thee, daarmee begon de werkdag altijd, om de dorst te lessen want behalve Lotte kwamen ze op de fiets.

'Door het saaie weer hebben we toch een kerstboom gekocht en we zijn even bij opa en oma een leuke dvd gaan brengen. Bonne maakte voor in huis kerstversiering van crêpepapier en Marije een buffet met allerlei lekkere hapjes.'

Ze aarzelde even en zei toen toch dat er ook cadeautjes waren.

'Leuk! Vertel op.'

'Ik kreeg een felrode paraplu met bijpassend regenhoedje van Marije. Een leuk, gek ding en dus ook felrood. Apart en vlot, alleen doodeng om te dragen, maar ik doe het natuurlijk toch. Want de capuchon van mijn nieuwe regenjas…'

Ze vertelde dat de meiden de slappe lach hadden gekregen toen ze de capuchon demonstreerde.

'En wat kreeg je van Bonne?'

Daar had je het al. 'Van Bonne kreeg ik een boek…'

'Een roman?'

'Nee, geen roman. Het is Amerikaans.'

'Waar gaat het over?'

Lotte grinnikte en trommelde even met haar vingers op haar bureau. 'Net nu ik helemaal tevreden ben met de beslissing niet meer achter de mannen aan te gaan… over het vinden van een nieuwe vent. Nee, erger, over het versieren van een jonge minnaar…'

Ze schoten in de lach.

' "Zeg, hé, pesten mag alleen met sinterklaas," zei ik dan ook tegen Bonne toen ik de titel van het boek las. *How to catch a young lover…* Paarse fluwelen avondsandaaltjes staan er op het omslag. Bij

14

een opgedoft bed. Samen met vlinderachtige lila kledingstukjes.'

'Echt Amerikaans,' zei een van de assistentes afkeurend.

Lotte beaamde dat. 'Wij hier in Nederland zijn een beetje te nuchter voor een minnaar. Laat staan voor een jónge minnaar… "Meid, ik ben 54…" zei ik tegen Bonne. "Ik moet er niet aan denken! En die jonge minnaar al helemaal niet!" Maar volgens Bonne is het trend. "Ja, bij jullie in Orlando met al die gepensioneerden en rijke weduwes," zei ik. Maar Bonne beweert dat Europa de Amerikaanse trend zal volgen. Wat vrouwen aan nieuwe overtuigingen bevechten, wordt werkelijkheid. We worden door mannen niet meer alleen gewaardeerd als we lekker jong zijn. Het gaat nu om volwassenheid en harmonie, om diepgang in gesprekken en innerlijke rijkdom. Ze zegt dat het in Amerika voor vrouwen van allerlei leeftijden al heel gewoon is om er een vriendje bij te hebben. Niet voor het dagelijks leven natuurlijk, dat is te saai, maar voor spannender zaken. En wat daar eigenlijk op tegen was, vroeg ze.'

'Terwijl Bonne en Jens juist zo'n romantisch stel zijn,' riep Karin verbaasd uit.

Karin kende Lotte en haar dochters van haver tot gort. De twee vrouwen werkten al vijftien jaar samen. Ze waren tegelijk begonnen op de toen net opgezette pr-afdeling van de soepfabriek, die sinds jaar en dag aan de halve stad en wijde omgeving werk verschafte en die ook, onder andere merknamen, aan vele landelijke supermarktketens leverde.

Die start leek een eeuw geleden. Jonge gezinnen hadden ze toen nog, met kinderen op de basisschool. Parttime werkten ze, en dat kon omdat de man van Lotte, Paul, een fysiotherapiepraktijk aan huis had en Nico, de man van Karin, destijds hoofd was van de school van hun twee zoontjes.

Ze waren meegegroeid met de afdeling, werkten nu fulltime en waren allround. Of het nu ging om perscontacten, het instrueren van externe reclamemakers, het onderhouden van de website of consumentencontacten. Dat laatste was bij Karin favoriet, de website bij Lotte.

'Bonne was toch al met Jens toen ze nog op de middelbare school zaten?' vroeg een van de assistentes.

'Nou en of. En toen Jens in de Verenigde Staten zijn pilotenopleiding kon doen, heeft Bonne alles in het werk gesteld om er als stewardess aan de slag te kunnen. Geen dag kunnen ze bij wijze van spreken zonder elkaar. Dertien jaar zijn ze al een stel! Nee, Bonne zal er echt nooit een minnaar bij nemen.'

'Geef mij maar die degelijkheid,' zei haar assistente.

'Mij ook,' zei die van Karin.

'Nou...' zei Karin zelf op een toontje alsof ze het echt overwoog, '... verandering van spijs doet eten. Wat jij, Lotte?'

'Als ik al van mijn geloof zou vallen, dan moet hij het type zijn van de trouwe metgezel en alsjeblieft geen aanbiddende gepassioneerde minnaar. Hou op, zeg. Trouwens, gepassioneerde minnaars, bestaan die in het echt? Wel in films en boeken, en in fantasie... Maar oké, dat neemt niet weg dat ik braaf het boek ga lezen. Er staan ook veel praktische tips in, zoals over camouflage van pigmentvlekjes en...'

Door een telefoontje dat even overleg vergde, stokte hun gebabbel. Ze gingen automatisch aan de slag. Lotte raadpleegde de bureauagenda. Wat stond haar allemaal te doen? Geconcentreerd keek ze eigenlijk niet. De herinnering aan de cadeautjesavond en het gezellig uitgebreid bijpraten was nog te levendig. Het was natuurlijk over tienduizend dingen gegaan. Maar vooral ook over liefde en relaties. Logisch door de situatie van Marije, de sms'jes tussendoor van Bonne en Jens, en het Amerikaanse boekje.

'Je wilt eventueel wel een trouwe metgezel? Dat zei je net, mama! Vorige week beweerde je nog dat je het leven veel simpeler vond zonder man. Dat je er niet over piekerde om op internet te zoeken. Dat je er absoluut geen zin in had om wéér iemands gebruiksaanwijzing te moeten ontdekken. Of zei je dat alleen maar om mij te troosten omdat het tussen ons uit is?'

Lotte hoorde het Marije weer uitroepen.

Ja, mijn nieuwe redenering kwam door dat idiote boekje, dacht Lotte. Maar hoe Paul onderwerp van gesprek werd? Meestal praatten Bonne en Marije niet al te veel over hem. Gelukkig was hun relatie met hem heel goed, ook nu hij een nieuwe liefde had.

'Wel bijzonder dat je papa dat gunt,' had Marije gezegd.

'Ja, want hij vertelde dat je hem een felicitatiemail had gestuurd,' zei Bonne. 'Je houding maakt het voor iedereen een stuk gemakkelijker. Ik ken genoeg kinderen van gescheiden ouders die het niet zo gemakkelijk hebben als wij.'

Dat is dan mooi, dacht Lotte nu. En ze complimenteerde zichzelf ermee dat ze zich niet uit de tent had laten lokken en er op een beschouwende manier over had gepraat. Dat mocht ook wel na zoveel jaar. Maar inderdaad kostte het die avond zomaar geen moeite om er anders over te praten dan in clichés als 'we hielden gewoon niet meer van elkaar'.

'Ik meen het dat ik hem een fijne relatie gun,' had ze gezegd. 'Jullie vader is een hartstikke aardige vent. Waarom zou ik hem niet het beste toewensen? We hebben goede jaren gehad. En slechte. We groeiden uit elkaar, hadden andere interesses en deden allebei geen moeite om de kloof te overbruggen. We waren beiden van mening dat het allemaal vanzelf hoorde te gaan. Dat je, als je van elkaar houdt, geen moeite moet gaan doen. Dan zou je forceren en dat leidde tot niets. Bovendien waren we allebei te koppig om ons aan de veranderingen van de ander aan te passen. We wilden allebei gelijk hebben. En intussen waren de zachte gevoelens mijlenver weg. En we waren te gemakzuchtig om ze weer op te pakken. Nogmaals, het moest gemakkelijk gaan en zonder ingrijpen of bijsturen.

Papa ging steeds meer op in het sporten, vooral toen hij als fysiotherapeut in het wereldje van het profvoetbal belandde. Ik zag daar niets in, en volhardde in die mening, net als hij in de zijne...'

'Jullie zijn allebei gelukkiger nu jullie uit elkaar zijn...'

Ja, we zijn allebei gelukkiger, dacht Lotte. Wat was het een bevrijding. De verantwoordelijkheid voor een prettige sfeer in huis ging zo zwaar wegen. Zo gaat dat als het niet vanuit jezelf komt, niet van harte gaat. Daardoor voel ik me zoveel lichter en jonger dan toen. Wat heb ik weer een plezier in het leven. Wat kan ik weer lekker lachen. Wat zalig is het om niet meer bloedserieus en humorloos te zijn. En hoeveel fijne vrienden en vriendinnen zijn er intussen niet in mijn leven gekomen.

Zo ongeveer had ze het ook gezegd. En dat haar leven zo gevuld was dat ze amper aan haar eigen zus, zwager, broer en diens vriendin toekwam. Dat ze elkaar gelukkig wel regelmatig bij opa en oma spraken, maar dat het onderlinge contact zich toch beperkte tot een verjaardagsbezoekje en natuurlijk telefoontjes. Terwijl ze, toen ze nog vlak bij elkaar woonden, elkaar zeker één keer per week zagen.

Waardoor ze op de wekelijkse gymnastiekavondjes met zes vrouwen in de praktijkruimte waren gekomen. Hoe hilarisch het na afloop vaak was, en hoe blij ze was dat ze de ruimte een avond per week voor zichzelf had gehouden.

'Gymnastiekavondjes? Wie geeft er dan les?'

Marije had Bonne antwoord gegeven. Lotte glimlachte er nu om.

'Dat doen ze om beurten. Na zoveel jaar sportschool kennen ze de oefeningen wel: buik, billen, bovenarmen. Na afloop mogen ze van elkaar jeremiëren over wat er allemaal mis met ze is. Oogleden, hangwangen, onderkinnen. Spekrollen, diëten, rimpels en kraaienpoten. Opvliegers, hormonen, huilbuien. Door dat één keer per week te doen vallen ze er de rest van de week niemand meer over lastig. Beweren ze. En daarbij wijn, bitterballen, kaasblokjes, chips en pinda's!'

Grote dochters hoorden ook niet meer bij moeder thuis te zijn!

Opeens schoot haar te binnen dat ze de gymvrouwen nog moest mailen dat de eerstkomende les niet doorging. Stef, die klussen voor haar deed, was nog niet klaar met het binnenschilderwerk in de praktijkruimte. De periode tussen kerst en nieuwjaar bleek te kort te zijn.

'Karin,' riep ze uit, 'deze week nog geen gym! Het schilderwerk is nog niet af.'

Een van de assistentes zette net een koffiekan neer met een overgebleven banketstaaf, waardoor ze wéér niet aan het werk gingen.

'Wat benijdde ik jou om die voorgenomen erwtensoep en dvd's met de kerst,' zei Karin, terwijl ze de banketstaaf deelde. 'Je had niet eens verplichtingen met je ouders omdat die de traditionele kersttoestanden in het zorgcentrum niet wilden missen. En ik zat met die misselijke schoonzus van me met haar zogenaamde familiefeest... bah... praat me er niet van.'

18

Annebeth, de hulp in de huishouding van Ard, riep onder aan de trap naar boven dat de koffie klaar was. Ard schudde glimlachend met zijn hoofd. Hij had haar al minstens tien keer gedemonstreerd hoe ze naar zijn kantoorkamer op zolder kon bellen. 'Gewoon de hoorn opnemen, op menu drukken, naar intern gaan, dan op de 3 drukken, en je hebt me te pakken.'

Maar nee, Annebeth riep. Gewoon ouderwets, met luide stem. Ze moest niets van technische dingen hebben.

Plagerig belde hij naar het toestel bij de eettafel. En jawel hoor. 'Met Annebeth, de hulp van de familie Banckert. Wie kan ik zeggen dat er is?'

'Meneer Banckert. En schakel de machine maar in, ik kom eraan,' zei Ard plagend in de hoorn. Want Annebeth moest niets hebben van zijn geliefde espressoapparaat en zette filterkoffie met de hand.

Toch moet het hele gedoe met de telefoon eindelijk eens veranderen, dacht hij terwijl hij de trap afliep. Allemaal gemakzucht. Sinds de mobiele telefoon, die hij zakelijk gebruikte, was het onzin om twee telefoonnummers te hebben. De privélijn kon gehandhaafd blijven, de zakelijke kon eruit. Dan was dat doorverbinden ook simpel, zelfs voor Annebeth. En waarom zou hij er voor haar niet een gewone koffiezetter bij kopen?

Zij schikte biscuitjes op een schaaltje toen hij de eetkeuken binnenkwam. Als hij thuis werkte, maakte ze altijd iets gezelligs van de koffie. 'Vanwege de kerstdagen nu geen lekkere koek maar biscuits, Ard. Wil je evengoed suiker en melk?'

'Ik wel,' antwoordde hij. 'Moet jij weer lijnen?'

Ze nam hem op. 'Jij niet?'

'Ik niet,' zei hij stellig. Hij trommelde op zijn inderdaad platte buik.

'Aha, je hebt dus niet al die sauzen gekookt en vissen gebakken waarover je opschepte. En aten jullie dit jaar geen banketstaven of oliebollen? Geen liters slagroom en kilo's zalmsalade? Waar zijn die twaalf afbakstokbroden trouwens gebleven die niet in de broodkast pasten?'

'Op.'

'Goeie hemel.'

Ard haalde zijn schouders op. 'Met zijn vieren. Drie de man. Over twee dagen, dat is heel bescheiden.' Hij trok een tevreden gezicht. 'Michiel bakte saucijzenbroodjes. Twintig.'

'Twintig! Op?'

'Er zitten er nog zes in de vriezer. Neem gerust.'

'Lief aanbod voor als je aan de lijn moet doen... Maar was het gezellig?'

'Natuurlijk.'

'Nog bijzonderheden?'

Hij schudde met zijn hoofd van niet. 'Nee, het was gewoon gezellig met z'n allen. Ploeter was mee. Flink gelopen en flink gelachen. Wat een beest!'

'Dat had ik al geconstateerd,' zei Annebeth zuinigjes. 'Overal hondenharen. Zelfs in de keukenlaatjes en aan de gordijnen. Is hij nu kaal?'

Ard grijnsde. 'Nee, hoor. Hij heeft er vast nog wel zo'n slordige tien miljard. Geen idee trouwens hoeveel haren een hond van dat formaat heeft. Iets anders: heb jij het ook gezellig gehad?'

Ze vertelde. Hij luisterde. Zoals altijd verbaasde het hem ook nu wat ze allemaal wel niet de moeite waard vond om uit de doeken te doen.

Annebeth was ook gescheiden. Behalve dat ze twee halve dagen per week bij hem de huishouding verzorgde, deed ze dat ook bij drie bejaarde echtparen. Ze moest ervan leven.

Het was Ard in de loop van de bijna vier jaar waarin ze zijn huishoudelijke besognes overnam, gelukt om haar secondaire arbeidsvoorwaarden, zoals hij dat noemde, met wat aardigheidjes te verbeteren. Zo kon ze met een speciaal pasje op zijn rekening de tank van haar oeroude autootje vullen. Als hij naar Groningen ging kon ze meerijden, naar een goede vriendin. En afgelopen zomer was ze met zijn vriend Frank en hem mee geweest naar het huis in de Vogezen. Zogenaamd om het deel van het huis dat klaar was schoon te maken en om het gastenverblijf in de praktijk te testen, maar in feite om nu eens gewoon drie weken onbezorgd vakantie te vieren.

Hij was blij dat hij dat soort dingen kon doen. Dat er familiebezit was, was hem als nazaat maar in de schoot geworpen. Puur geluk. Dat bezit was er nooit gekomen als zijn opa niet als jongeling de kop in de wind had gegooid en als aankomend machinist opeens in Indië van boord was gestapt om er voor een krats een verwaarloosde koffieplantage te kopen, waarvan hij had gehoord, en die welvarend te maken. Er was geld verdiend, en er was geld vrijgekomen bij verkoop van de plantage. Want de jonge Groningse die zijn vrouw ging worden, weigerde naar Indië te vertrekken, en hij was er de man niet naar om het dagelijks bestuur en de verantwoordelijkheid aan een pachter over te laten.

Verantwoord werd er overigens met dat kapitaal omgegaan. Op z'n Gronings, was het credo. Over de balk gooien was geen kunst. Weldenkend en weldoend moest ermee worden omgegaan. Zo was het voorgeleefd.

'Wat voor cadeautjes heb jij van de jongens gekregen?' vroeg Annebeth. Ze wachtte het antwoord niet af. 'O, Ard, ik weet wel dat ik je al bedankt heb, maar wat een fantastisch kerstpakket heb je gebracht. Echt origineel. Met prachtige kaarsen en een plaid in dezelfde kleur rood, net als de stelen van de wijnglazen. Het kerstbrood was verrukkelijk en die bonbons… nou ja, daarom moet ik nu lijnen. Het was echt een verwenpakket, prachtig samengesteld.'

'Alle eer is voor Victorine. Zij heeft de pakketten samengesteld. Zes voor goede relaties en eentje voor jou. Ze vroeg me het hemd van het lijf over de smaak en hobby's van iedereen. Maar dan kun je het ook aan haar overlaten.'

Victorine had hij jaren geleden begeleid bij de koop en verbouwing van een voormalig schuilkerkje tot woonhuis aan een van de grachten in de binnenstad. Ze konden het samen goed vinden. Zo goed dat zijn vrouw Ella hen van een verhouding verdacht – en het in elk geval aangreep als reden om te willen scheiden. Dat was inmiddels vier jaar geleden. De scherpe kanten waren ervanaf. Hij besefte dat ze eigenlijk niet het ideale stel vormden dat hij voor ogen had. Dat hij zich samen met de jongens lekkerder voelde dan met haar erbij.

Dat besef had hem flink van zijn stuk gebracht. Van schrik was hij met zijn eveneens gescheiden vriend Peter in Ierland gaan vissen.

'Had je dan met Ella oud willen worden?' had Peter gevraagd.

Vlijmscherp wist hij opeens van niet. Met Ella waren er op de een of andere manier geen lichtpunten. Geen dingen waarop je je verheugde.

'Nee,' had hij Peter geantwoord.

'Nou dan.'

Gek genoeg was hij gaan vertellen over de echte liefde in zijn leven. Nota bene, niemand die daarvan wist! Maar terwijl ze aan die rivier allebei naar het wateroppervlak stonden te turen, vertelde hij zomaar alles over Noortje. Over hun schooltijd, kampeerweekendjes en toekomstdromen. En over het onbegrijpelijke dat ze zomaar veranderde, weg wilde uit Groningen en ook dat hun lange vakantiereis met een lelijke eend naar Griekenland niet voldoende voor haar was. Dat ze zomaar in de greep kwam van een gitaarspelende niksnut met wie ze naar Spanje vertrok en dat hij haar nooit meer had gezien.

'En daarom ging jij varen?'

'Inderdaad. In de voetsporen van mijn opa. Zwerven over de wereldzeeën. Maar niet heus. Ik vond het niks. Na één vaart naar Singapore en Japan was ik blij met goed fatsoen te kunnen afmonsteren.' En grinnikend: 'Logisch dat ik in de huizenbouw terechtkwam, een vaste plek, dat was meer iets voor me. Noortje had dat gevoeld… Afijn, jaren later ontmoette ik Ella en tot mijn verbazing werd ik weer verliefd. Fantastisch dat ze drie kindertjes wilde, liefst vlot op elkaar. En dat het lukte!'

Wat hadden ze opeens ontzettend moeten lachen met die heupflacon whisky erbij. Wat was het opeens relaxed. Ook Peter was gaan vertellen over zichzelf. Hij had indertijd zijn studie gestaakt omdat geld verdienen hem nuttiger leek. Maar daar had hij spijt van. Hij zou nooit qua werk op een hoger plan komen. Daar stak iets waar ze het nooit over gehad hadden. Want Ard was vanuit de praktijk van de aannemerij wél in de avonduren cursussen gaan volgen, waardoor hij als zelfstandig adviseur op bouwkundig gebied de vrije vogel kon zijn die hij van binnen was. Ze konden nu zonder terughoudendheid

22

daar van alles over zeggen.

Die avond hadden ze zich een stuk in hun kraag gedronken in het pension, waar meer sportvissers huisden, en vriendschappen voor het leven gesloten. Bij thuiskomst merkte hij pas dat het akelige holle gevoel in zijn maag dat hij al tijden had was verdwenen.

'Over Victorine, is dat eigenlijk haar werk, relatiepakketten samenstellen?' vroeg Annebeth.

Ard grinnikte. 'Onder andere. Ze noemt zich smaakmaakster. Ze geeft tegenwoordig naast hulp bij kunstaankopen ook binnenhuisadviezen. Het nieuwe grand café in het overdekte winkelcentrum is een klant van haar. Haar zaakje draait goed. Knap hoor.'

Annebeth trok veelbetekenend haar wenkbrauwen op.

'Gaan jullie nog wel eens uit?'

'Jazeker. Laatst nog naar een toneelstuk. Ze houdt dat allemaal goed in de gaten.'

Hij stond op en schonk hun tweede kop in.

'Heb je het druk zo aan het begin van het nieuwe jaar?' vroeg ze.

'Ik ben een beetje aan het opstarten, heb nog niet alles geordend en opgeruimd wat ik wilde. Ik moet de administratie van het laatste kwartaal nog afronden, dat wil ik volgende week bij de boekhouder hebben. Nou ja, dat soort dingen.'

'Dat je het leuk vindt om alleen te werken… Ik bedoel, zonder secretaresse of echt kantoor. In je eentje, op zolder. Dat kan ik nou niet begrijpen.'

'Kom nou, het is een echt kantoor! En ik werk graag alleen, ik moet al te vaak naar mijn zin op de bouw zelf werken.'

Ze kneep veelbetekenend haar lippen op elkaar.

Hij grijnsde.

'Voor dit jaar geen goede voornemens over de liefde?' plaagde ze opeens.

Hij trok zijn gezicht tot een grimas. 'De liefde. Annebeth, dat is toch een veel te groot woord.'

'Dat kan best. Maar ik weet het wel… Ooit kom ik de ware Jacob tegen, al is het op mijn tachtigste…' Ze keek expres hemels.

'Ben je dan nog steeds niet ontnuchterd?'

Hij keek haar lachend aan. 'Volgens mij verwarde je de trouwe metgezel door dik en dun die ware Jacob heet, met romantische en gepassioneerde toestanden.'

'Een trouwe metgezel? Saai hoor,' vond zijn hulp met een vies gezicht.

'Maar wel realistischer op onze leeftijd.'

Annebeth keek verontwaardigd. 'Vind je dat echt?'

Hij knikte, maar hield zijn mond. Hij wilde niet bij doordeweekse koffie over veel te persoonlijke en ingewikkelde materie als de liefde zitten praten.

Hij pakte het kladblok met boodschappen uit de lege fruitschaal op tafel. 'Aha, je hebt de lijst al gemaakt. Wacht, ik doe zelf wel de boodschappen. Aan het eind van de middag heb ik ongetwijfeld genoeg van het binnenzitten. En de voorraad moet inderdaad hoognodig worden aangevuld.'

'Moet jij nog boodschappen doen?' vroeg Karin aan Lotte. Ze stonden met hun jassen aan, klaar om weg te gaan. De eerste werkdag van het nieuwe jaar zat er op. De boel stond weer op de rails, ze wisten wat hun de rest van de werkweek te doen stond.

'Ja. Jij ook?'

'De muizen liggen bij mij dood voor de kast. We hebben na de kerst eerst maar alle restjes soldaat gemaakt. En omdat we weggingen met oud en nieuw heb ik niets aangevuld. Nu is zelfs het wc-papier op, net als het waspoeder.'

'En bij mij thuis slinkt de voorraad sneller dan ik me herinnerde van vroeger. Kennelijk eten Marije en ik samen nogal uitgebreid. Gek, want ze eet ook nog vaak op haar werk of bij Hedy, die vriendin van haar, je weet wel.'

'Met baby en zonder man,' vulde Karin aan.

Intussen stonden ze op de lift te wachten. Karin drukte ongeduldig nog een keer op het knopje. 'Kom op, we nemen de trap,' zei Lotte. 'Goed voor de lijn.' Ze daalden de zes trappen af naar de begane grond. Het meisje in de receptie stak al telefonerend haar hand op in een groet.

'Hè, frisse lucht,' riep Karin uit zodra ze buiten waren. 'Maar hemel, wat is het weer hard gaan waaien! Zo te zien tegenwind. Hè bah, wat een winter.'

'Rij met mij mee,' stelde Lotte voor.

Omdat Karin op een kwartiertje fietsen van het werk woonde, nam ze alleen met slecht weer de auto. Voor Lotte was de afstand van huis naar kantoor net te ver. De zes kilometer lange, kaarsrechte tweebaansweg met fietspad, langs het nog braakliggende deel van een bedrijventerrein, was bovendien absoluut onaantrekkelijk. Er was een leukere route, maar die was drie kilometer langer.

Dit was een nadeel van een huis buiten de stad. Verder was het heerlijk wonen in de ruim opgezette wijken die het van oorsprong boerendorpje omringden. Gekscherend werd het intussen de goudkust van de stad genoemd. De toenmalige wethouder van hun gemeente had toekomstvisie gehad en begrepen dat steeds meer stadsbewoners het omringende platteland zouden gaan opzoeken. De gemeente had agrarische grond genoeg, waarop het niet rendabel boeren was, maar waarop woonwijken met allure konden verrijzen. Veel boerenbedrijven werden daarom uitgekocht en die een markante plek vormden bleven gehandhaafd als kinderboerderij, camping, kampeerboerderij of kaasmakerij.

Er was handig ingespeeld op de behoefte aan parken en brede lanen of straten, met vijvers en sportvoorzieningen. Ruime twee-onder-een-kaphuizen en geschakelde woningen waren er gebouwd, zoals aan de Berkenlaan waar Lotte indertijd met Paul en de meisjes was komen wonen, en waarbij aan de toekomstige bewoners alle ruimte was geboden voor het aanbouwen van een praktijk of kantoor. Zo'n buurt werd dan weer afgewisseld met lanen met vrijstaande huizen en bungalows.

Hoogbouw was er niet. Alle winkelvoorzieningen waren in het oude dorp aanwezig, gerenoveerd maar kleinschalig en afgestemd op de zuigkracht van de winkels in de stad.

'Haal je me morgenochtend dan ook op?' vroeg Karin.

'Nou...,' zei Lotte plagend, 'wandelen is anders erg goed voor je.'

Intussen stonden ze al bij Lottes auto. 'Kom op, stap in!'

Kort daarna parkeerden ze op het parkeerdak van het overdekte winkelcentrum waarin ook een grote supermarkt gevestigd was. Het waaide nu niet alleen, het was ook gaan regenen. Terwijl ze zich naar de overkapping haastten, trok Lotte iets roods uit haar zak. 'Kijk, dit is het hoedje,' zei ze. De automatische deuren weken uiteen.

'Van de bijpassende paraplu,' voegde Karin eraan toe.

'Die in de auto ligt,' grinnikte Lotte.

Ze vouwde het hoedje open, posteerde zich voor het glas van de overkapping en zette het op haar hoofd. 'Staat het erg gek?'

Karin schoot in de lach. 'Nee, juist enig! En wat een fantastisch brede rand zit erom. Waait hij niet af?'

Ze stonden intussen op de rolband naar beneden.

'Er zit een stroeve ribbelrand in. Maar of je daarop kunt vertrouwen...'

'Het staat je hartstikke leuk, zo scheef op je hoofd.'

'Dat moest van Bonne. Maar ze heeft gelijk. Het staat koket. Kek, zeggen de meiden. Jij vindt het dus ook leuk?'

'Nogmaals, enig. En apart hoor. Waar heeft ze het op de kop getikt?'

Lotte vertelde wat ze wist. Ze waren nu beneden in de hal van het winkelcentrum aangekomen. 'Ik zal dit ding nu maar afdoen,' zei Lotte.

'Nee!' riep Karin uit. 'Het staat juist zo ontzettend leuk.'

'Ik vind het een beetje eng om met zoiets opvallends...' Ze onderbrak zichzelf. 'En tegelijk hou ik er wel van. Een grijze muis ben ik nooit geweest, maar gek, nu ik ouder word ben ik soms bang dat het aanstellerig is...'

Ze sloegen rechtsaf, richting supermarkt. Het was er op dit tijdstip altijd wel druk met werkende mensen, maar nu nog veel drukker.

'We zijn zo te zien niet de enigen die moeten bevoorraden,' stelde Karin vast. Ze stootte Lotte aan. 'Joh, je hoedje staat echt enig. En zo krijg je tenminste aandacht van de mannen. Weet je wat ik denk? Dat Bonne met Marije onder een hoedje speelde.' Ze lachten om de woordspeling. 'Bonne had natuurlijk al dat spannende sexy boekje gekocht en...'

Ze keken elkaar lachend aan en botsten daardoor op de volgeladen winkelwagen van een jonge vrouw. Terwijl Lotte zich tevergeefs wilde excuseren, de jonge vrouw liep al half rennend door, stootte Karin haar nog nalachend aan. 'Sufferd, je zag het niet, maar ik heb gelijk. Er keek daarnet een leuke man waarderend naar je. Ach, hij loopt al weg, je ziet hem nu op de rug.'

'Het zal wel,' zei Lotte, die desondanks in de richting keek waarin Karin knikte.

'Ik zie niets.'

'Dáár. Hij loopt naar de rolband. In die lange donkere jas.'

Lotte keek. 'O, dat is mijn achterbuurman. Grappig, die zie ik de laatste tijd wel vaker. Kom op, de boodschappen!'

Toen hij een winkelwagen van het slot wurmde, realiseerde Ard zich dat de boodschappenlijst nog in de auto lag. Stom. En verklaarbaar. De lijst lag in de boodschappenkrat die hij aanvankelijk mee wilde nemen, maar terug had gelegd op de achterbank toen hij zich bedacht dat het wel zo efficiënt was om meteen zaken als bier, wijn en frisdrank op peil te brengen. Dan was hij daar voor een maand vanaf, maar was het praktischer de winkelwagen bij de auto uit te laden.

Toch had hij de lijst nodig. Annebeth had hem opgesteld, hij had geen idee wat erop stond. Het was verstandiger om terug te gaan.

Hij drukte het slot van de kar weer dicht, pulkte de munt eruit en maakte rechtsomkeert. Het was drukker dan hij had gedacht voor de eerste week van januari, en vol met haastige mensen. Hij wachtte tot een moeder met drie jengelende kinderen uit de weg ging. En zag hoe een jonge vrouw met een overvolle kar overal dwars doorheen knalde in een tempo of ze de laatste trein moest halen. Ze liep bijna twee vrouwen van de sokken, die zelf ook niet opletten. Dat constateerde hij, en ook dat de rode hoed van de ene vrouw op een leuke manier opviel. Daar hield hij dus van. Zelf had hij net een mooie sjaal op de kop getikt in een prachtige paarsblauwe kleur. Maar hij koos ook truien of jasjes in andere kleuren dan de geëigende. Niet overdreven, daar was hij de man niet naar, meer als accent of grapje. Er waren tenslotte saaie grijze muizen genoeg in de wereld.

Toen pas zag hij dat de vrouw met de rode hoed zijn achterbuurvrouw was. Ja, een leuk mens, dacht hij toen hij de rolband opstapte.

Buiten regende het weer eens. Toch sprak het langetermijnweerbericht over dalende temperaturen en 's nachts zelfs kans op lichte vorst. Er stonden vraagtekens bij, sneeuw in plaats van regen aan het eind van de week was niet denkbeeldig. Dat gaf de burger moed.

Met de boodschappenlijst liep hij terug. Op de rolband naar beneden pakte hij zijn leesbril uit de binnenzak van zijn jas om de lijst alvast door te nemen met het oog op de loopvolgorde in de winkel. De klus, waaraan hij overigens geen hekel had, hoefde niet langer te duren dan strikt noodzakelijk.

Daar had hij weer een winkelwagen los. Aardappelen, uien, knoflook, sinaasappelen. Bananen, boerenkool en nog wat groentes gingen de kar in. Op naar vlees en vis. Kaas en zuivel. Bier en wijn. Schoonmaakmiddelen en toiletpapier. In een mum van tijd stond er een kop op de kar en kon hij aanschuiven in de rij voor de kassa.

Hij taxeerde de lengte van de rij ernaast. Lood om oud ijzer, dacht hij. Toen hij de rode hoed achter aan die rij zag aanschuiven, filosofeerde hij een poosje over de vraag of iemand door meer mensen gekend werd als hij of zij zich door bijvoorbeeld kleding meer profileerde dan mensen die nogal doorsnee door het leven gingen. Kende Laurens met zijn opvallende uilenbril en dikke, blonde paardenstaart bijvoorbeeld meer mensen dan Maarten en Michiel? Nee, integendeel. Die twee waren stukken gemakkelijker in het leggen van contacten. Die factor moest je bepaald niet vergeten. En hoe zat het met hemzelf? Hij kende veel mensen, dat was punt één. Hij kon zich niet beklagen over vrienden, kennissen en sociale contacten. Dat was twee. En drie… Daar bleef zijn gedachtegang steken, zijn boodschappen moesten de band op.

3

Voor het eerst sinds ze tijdelijk bij haar moeder was ingetrokken, zou Marije een lang weekend afwezig zijn. Stilletjes verheugde Lotte zich erop. Schandalig, vond ze in haar hart. Logisch, zei haar verstand. Het bewees alleen maar dat ze als gescheiden werkende vrouw goed haar draai had gevonden in haar eentje en haar dochters niet nodig had om zich prettig te voelen.

Niet dat Marije beslag op haar legde. Integendeel, door haar wisselende diensten in het hotel was ze juist vaak niet thuis als Lotte dat wel was, en omgekeerd. En ze was best een lieverd, die geen rommel liet slingeren, niet lastig was met eten of het lenen van haar auto en die zich niet al te veel met het leven van haar moeder bemoeide.

Het was ook ontegenzeggelijk gezellig in huis. Bij thuiskomst uit kantoor kon het zijn dat er kaarsjes brandden of een muziekje speelde, dat de was schoon opgevouwen lag of dat het al verrukkelijk geurde naar van uitjes of knoflook, want Marije hield net als zij van koken en wel speciaal van de mediterrane keuken.

Daar stond tegenover dat die meid eeuwig met haar mobieltje tegen haar oor rondliep. Dat ze opeens onder het eten zat te sms'en. Dat zij, Lotte, dacht dat Marije iets tegen haar zei en dat het in dat akelige petieterige telefoontje was. Dat alles ondergeschikt was aan dat kreng.

En ook dat vaak onbegrijpelijke taalgebruik vond ze, als ze eerlijk was, nogal ergerlijk. Net als haar cd's met stampmuziek en het alles maar moeten hebben en willen doen. Een nieuw shirtje zus, een andere riem zo. Laarzen met speciaal zo'n hak, kettingen in speciaal die kleur, een tas van speciaal dat leer, speciaal die film, uitgaan in speciaal die tent en ga zo maar door.

Maar het was natuurlijk best logisch, vond Lotte. Marije was een kind van haar tijd. Net zo goed als zij dat van de hare was, en haar ouders haar maar een vreemd leven vonden hebben. Daar ging het ook niet om. Het was meer haar eigen gevoel dat sprak. Haar eigen binnenste, dat een beetje pruilde en zich tekort gedaan voelde. Alsof zij niet meer voldoende aandacht aan zichzelf besteedde. Wanneer had ze bijvoorbeeld voor het laatst met haar ogen dicht naar haar eigen favoriete pianomuziek liggen luisteren? Zichzelf een schoonheidsbehandeling gegeven? In badjas op de bank tijdschriften gelezen? Naar de allerstomste soap gekeken? In de woonkamer salsa gedanst zonder dat iemand op de hele wereld er weet van had? Genietend het bot van een karbonaadje afgeknabbeld? Belachelijk vroeg naar bed gegaan en met een berg kussens in de rug, een glas wijn, een bak zoutjes en met een lekker boek tot aan het ochtendgloren gelezen?

Al die zaligheden die ze eens voor zichzelf had opgesomd toen ze de pluspunten van alleen wonen op een rij zette, ze schoten meteen door haar heen toen Marije vertelde dat ze een paar dagen op de baby van Hedy ging passen.

Wat voelde ze zich beschaamd toen Marije een poosje na haar mededeling heel openhartig zei dat ze het weliswaar doodeng vond om vier dagen en drie nachten voor zo'n kleine puk te gaan zorgen, maar dat ze het heel fijn vond om weer even op zichzelf te zijn. Weer volwassen te zijn.

'Ik bedoel, ik heb toch drie jaar samengewoond en nu ben ik weer bij mama's pappot... Maar goed, er is hoop...'

Ze somde nog maar weer eens op welke kansen er voor haar op de woningmarkt waren. 'Bovendien kan ik misschien op dat huis en die dieren passen van die mensen die een jaar naar Japan moeten. En laat ik niet de belofte van die jongen op mijn werk vergeten, die iemand kent bij die woningstichting die...'

Lotte dacht eraan terug hoe ze gereageerd had. 'Het is absoluut niet dat ik je weg wil hebben, lieverd. Maar je hebt gelijk dat je weer zelfstandig wilt wonen. Dat is doodnormaal. Net zoals ik...'

Ze had geaarzeld. Zou ze dat nu wel zeggen? Maar Marije moest ook weten dat ze zich niet schuldig hoefde te voelen dat ze liever vandaag dan morgen een eigen stek had.

'... Net als ik me er ook een beetje op verheug om weer alleen in huis te zijn. Ik heb zo gaandeweg goed mijn draai gevonden in mijn eentje, bedacht ik laatst. En dat is toch anders dan met jou erbij. Snap je?'

Ze hadden het van elkaar gesnapt. En net als toen, moest ze er ook nu een diepe zucht van slaken. Het was de eerste avond van het weekend. Ze dronk een glas wijn bij de tv terwijl uit de eetkeuken de heerlijke geur van zelfbereide pizza kwam, en prees zich gelukkig met de voorraad lekker eten in de vriezer waar ze nu toch maar weer mooi van profiteerde.

Wat zalig, dacht ze, makkelijk eten en een lekker glas wijn. Daarna met de krant op de bank. Vervolgens een kleine schoonheidsbehandeling met een maskertje en chique nachtcrème – een monstertje van de parfumerie, dat belooft elk spoortje vermoeidheid uit te wissen. En dan lezen in bed. Voor vannacht is er lichte sneeuw voorspeld. Wie weet morgenochtend een wandelingetje door de besneeuwde lanen naar de bakker voor een paar croissants en een tijdschrift bij de kiosk.

Ze smulde al.

Ard sloeg een spijker in de staander van de eetbar die de woonkamer van de eetkeuken scheidde. Het was de allerbeste plek voor het dartbord. Veel beter dan waar het de kerstdagen had gehangen. Maar die plek was noodgedwongen geweest omdat misgegooide pijlen anders in de richting van de hondenmand met Ploeter terecht waren gekomen. Te gevaarlijk, was het unanieme oordeel.

En de mand op een andere plek was geen optie. 'Door zijn jeugdtrauma wil Ploeter bij het roedel zijn,' zei Maarten die het rechtstreeks van de asielmedewerkster wist. 'Hij jankt zich kapot als hij verderop in de kamer of in de gang moet. Als hij maar vlak bij ons is, is er niets aan het handje.'

Maar de op een na beste plek voor het dartbord had Ard streng verboden verklaard. 'Kom nou, dan knallen ze dwars door de piano.'

Hij hing het bord aan de spijker. Ideaal. Missers belandden nu op het aanrecht of in de gootsteen, of ketsten af tegen de tegels erachter.

Hij wierp een paar series en merkte dat het beter ging naarmate hij minder zijn best deed raak te mikken. Eigenlijk is het als bij pianospelen, dacht hij. Ook dan moet je je hoofd uitschakelen en je vingers het werk laten doen, precies als bij het toetsenbord van de computer.

Hij stopte ermee, schonk zich een biertje in en zapte een paar tv-zenders langs.

'Wat doe jij nou eigenlijk al die avonden zo in je eentje?' had Laurens met de kerst gevraagd terwijl ze om beurten een pijltje naar het dartbord gooiden.

'Lekker een beetje rondklooien.'

'Ik bedoel, wij zijn eigenlijk nooit alleen thuis. Jij zit avond aan avond in je eentje.'

'Ho, ho, helemaal niet,' had hij tegengeworpen. 'Er zijn nogal eens bouwvergaderingen 's avonds. Te vaak eigenlijk, naar mijn zin. En wat dacht je van al die ooms en tantes van jullie met wie ik avonden aan de telefoon zit. Dan pianoles, met nog vaak een biertje met Frank en Els. Ik moet natuurlijk ook pianospelen. Er is boven in kantoor altijd wat te doen. Dan is er nog het theaterabonnement met Victorine en ga zo maar door.'

'Frank, dat is toch die man die ook in de bouw werkt?'

'Net als Peter, mijn visvriend, maar dat doet nu niet ter zake. Dat klopt, Frank is aannemer.'

Ard had Frank kort na de echtscheiding door een bouwproject leren kennen waarvoor hijzelf als interim-manager was aangetrokken. Hij maakte toen graag lange werkdagen, dat was Frank opgevallen, die op vaste basis bij dat aannemersbedrijf werkte.

Ze hadden wel eens een biertje gedronken, ook al omdat Frank niet altijd in het pianogeklingel thuis wilde zitten. Inmiddels was hun garage tot leskamer verbouwd en het leed geleden.

Met Frank had Ard zo eens wat privézaken besproken, waardoor er vriendschap was ontstaan en hij bij Frank en Els over de vloer begon te komen. Vandaar ook de pianolessen. Door hun gesprekken was hem veel duidelijk geworden over zijn aandeel in het mislukken van zijn huwelijk. Wat voor hem vanzelfsprekend leek, was het niet. Zó mocht het niet meer gaan. Je moest moeite blijven doen, maar daarin had hij, net van de schrik aan het bekomen, voorlopig weinig zin.

Hij en zijn zoons hadden tussen het darten door nog wat verder gepraat over Frank en Els.

'Frank hielp maar al te graag met verbouwen omdat zijn vrouw…'

'… en jouw pianolerares…'

'… naar een zomercursus wilde in de Vogezen. Het was een leuke vakantie. Frank en ik bouwden de badkamer en keuken af. Annebeth maakte schoon en testte het gastenverblijf. Els kwam af en toe aanwaaien en vooral mee-eten, want bij die cursus was schraalhans keukenmeester.'

'Onvoorstelbaar dat je weer bent gaan pianospelen. Je zou toch van je levensdagen geen toets meer aanraken?'

Hij grinnikte. 'Ik vertelde natuurlijk uitgebreid aan Frank en Els hoe ik als jongen de pianolessen haatte. Een nachtmerrie die vier jaar duurde! Omdat muzieklessen destijds bij de opvoeding hoorden. We moesten alle zeven, of we wilden of niet. En als hekkensluiter had ik niet alleen mijn vader en moeder tegen me, maar ook mijn broers en zussen. Wat een ellende,' lachte hij.

Waardoor het gesprek op de familie kwam. Doorzagen deden de jongens trouwens nooit. Zei hun vader dat hij het voorlopig in zijn eentje prima naar zijn zin had en absoluut niet zat te springen om een nieuwe vrouw? Nou, dan was dat oké. Als hij drie dochters had gehad, was hij mooi de pineut geweest. Vrouwen wilden altijd maar uitdiepen, zoals zowel Ella als Annebeth en Victorine hun doorzeuren noemden.

Wat viel er ook uit te diepen? Zijn leven stemde hem tevreden, wat kon je er dan nog meer over zeggen? Punt uit, dus.

Bovendien verliep het naar zijn idee niet heel veel anders dan dat van kerels met een partner. Natuurlijk ontbrak het eigene en intieme. Maar verder wilden die andere kerels 's avonds ook liever hun eigen gang gaan. Alleen moesten ze zo nu en dan aardige gesprekken met hun echtgenotes voeren. Op z'n tijd best plezierig. Maar om nu te zeggen dat het levensgeluk daarvan afhing.

Wat hij belangrijker vond, dat je er voor elkaar was en de ander tegelijk de vrijheid gaf om een beetje zijn of haar eigen gang te gaan. Op die manier zou hij wel met een zelfstandige en eigenzinnige vrouw oud willen worden, om Peters hamvraag van indertijd te beantwoorden. Een vrouw met een eigen leven, die niet constant op hem leunde en vriendinnen had om dingen mee te doen zoals hij visvrienden en bouwvrienden had.

Hij hield er alleen niet van door vrouwen als een aantrekkelijke partij gezien te worden. Wat vaak genoeg gebeurde. De bouw mocht een mannenwereld zijn, met slechts een enkele vrouwelijke ingenieur of bouwkundige; secretaresses, receptionistes, salesmanagers en administratief en financieel medewerksters waren er genoeg. En hoe die wisten dat hij vrij man was…?

Wat nu ook weer niet wilde zeggen dat hij de vrouwen van zijn lijf moest houden. Maar keus had hij wel. En zijn ogen hield hij echt niet in zijn zak. Ook in het wereldje van Victorine liepen een paar aardige vrouwen rond. En het was geweldig goed lachen met de moeder van een student die bij zijn zoons huurde. Ze was alleen zo fragiel en te mager naar zijn smaak. Hij hield wel van wat steviger en ronder. Bovendien zat ze met een winkel in kinderkleding aan Groningen vastgebakken.

Het is eigenlijk net als met darts gooien, dacht hij terwijl hij bij de tv wegliep en in de bijkeuken ging kijken wat hij eens te eten zou gaan maken. Je moet er niet dwangmatig mee bezig zijn. Dan wordt het niets. Op een goede dag zou er wel iemand zijn die hij graag eens zijn meer dan voortreffelijke espresso wilde laten proeven.

Voorlopig prees hij zich gelukkig dat hij zonder commentaar over de stank vis of uien kon bakken. Of kon pianospelen wanneer het hem uitkwam. Zijn pas gekregen dartbord op de beste plek kon ophangen. Het volume van de geluidsboxen kon opendraaien zo ver als hij zelf wilde, überhaupt geluidsboxen kon neerzetten die hem aanstonden, of ze nu esthetisch verantwoord waren of niet. Of pas dan de dozen met oude boeken van zolder ophalen als hij daar zelf zin in had.

Dat was vanavond, dat stond vast. Ze stonden hem nu te lang in de weg.

Een beetje egocentrische manier van leven is het wel, dacht hij toegeeflijk. Maar wat dondert dat?

Lotte monsterde haar gezicht in de badkamerspiegel. Het mocht tot diep in de poriën gereinigd zijn en nu profiteren van de zogenaamde werkstoffen in de nachtcrème, mooier was ze er niet op geworden. Sterker, ze zag er niet uit! Vlekkerig en glimmend, en knalrood onder haar wenkbrauwen en op haar bovenlip, waar ze haartjes had weggetrokken.

'Niets aan te doen,' mompelde ze terwijl ze het licht uitdeed. 'Wie mooi wil zijn moet pijn lijden. Helemaal als je de vijftig gepasseerd bent.'

Dat zei ze ook wel terloops tegen haar dochters en tegen Karin, ondanks het legaal zeuren en klagen tegen de gymvrouwen. Het mocht dan door de overdrijving tot uitbundigheid leiden, af en toe drong het vlijmscherp tot haar door dat het de harde waarheid was. Dat ze een beetje te dik was. Dat haar huid verslapte. Dat er zomaar enge zwarte haartjes op haar bovenlip of kin zaten. Kortom, dat ze dik over de vijftig was en dat de jonge jaren definitief tot het verleden behoorden en de ouderdom wenkte.

Maar daaraan nu niet gedacht!

Gedecideerd besloot ze dat toen ze de slaapkamer binnenging. 'Je kunt voor hetzelfde geld ook aan andere dingen denken,' adviseerde ze zichzelf hardop. 'Aan dingen die leuker zijn, vrolijker of aardiger voor jezelf.'

Want kijk, mijmerde ze verder, als je vanavond een appeltaart was gaan bakken omdat je dáár zin in had, had je geen ingevet vlekkerig gezicht in de spiegel gezien en dus ook niet ingezeten over ouder worden.

'Dat dacht je,' mompelde ze. 'Dan had ik weer gevonden dat appeltaart heel slecht is voor de lijn. En helemaal als je wat ouder bent, je stofwisseling trager wordt en je hormonen vol ijver elk grammetje extra lichaamsvet in de buurt van je buik en heupen opslaan. En dus dat ik stom bezig was door appeltaart te bakken.'

Ze stond in de slaapkamer, verwisselde haar badjas voor een T-shirt met slip en liet haar blik gewoontegetrouw langs haar spiegelbeeld in de passpiegel op de kastdeur gaan. Ze merkte wat ze deed en draaide zich om terwijl ze inwendig tegen zichzelf zei dat ze echt niet elke avond hoefde te kijken wat er allemaal op haar figuur aan te merken was. In 24 uur tijd was ze heus niet dunner geworden.

De pluspunten, die mocht ze opsommen. Daarmee hielp je jezelf op weg. Maar, nogmaals, niet nu. Ze had niet voor niets de slaapkamer gezellig gemaakt.

Ze keek goedkeurend rond. De bedlampjes verspreidden een warm licht. Het dekbed lag uitnodigend een stukje teruggeslagen en op het tafeltje stonden een glas wijn en een schoteltje met kaaskoekjes. Op de andere helft van het bed lagen tijdschriften en het Amerikaanse boekje.

Terwijl ze op de wekkerradio naar een ander muziekprogramma zocht, prees ze zichzelf gelukkig dat ze een aantal trucjes had geleerd om zich beter te voelen, zich niet te laten meeslepen door weinig feestelijke gedachten. Waardoor een avondje als nu als pure verwennerij voelde, en niet zoals in haar slechte jaren somber en verdrietig maakte.

Ze glimlachte en besefte dat ze echt genoot van deze kleine geneugten. Ze maakten haar leven goed. Ze pasten beter bij haar dan bijvoorbeeld het uitgebreide beautyweekend dat ze ooit eens met Karin in een boerenhofstede ergens in de Drentse bossen had geboekt.

Dat was allemaal té. Te veel massages, therapieën, pakkingen en vruchtensappen. In te roze omgeving, met te zachte stemmen en te sentimentele achtergrondmuziekjes. Het was misschien leuk geweest voor een dagje. Maar na twee volle ochtenden, middagen en avonden in fluweelzachte badjassen en op warme slofjes hadden ze allebei knallende hoofdpijn door het ontspannen en waren ze dermate verslapt dat ze ertegenop zagen weer als normale mensen in de maatschappij te moeten functioneren. Ze werden al gedeprimeerd bij de gedachte alleen al dat hun werkelijkheid was dat ze voor hun brood moesten werken en hard hun best moesten doen omdat de pr-afdeling van, nota bene, een soepfabriek geen charitatieve instelling is, maar brandstof voor de winstmachine.

Lotte nestelde zich tegen de kussens, schikte de oude trui die ook op de andere bedhelft lag over haar schouders, nam een slok wijn en een kaaskoekje, zette de radio iets harder, pakte een van de tijd-

schriften en verruilde dat, na een poosje het stralende vrouwenge-
zicht op de cover te hebben bestudeerd, voor het boekje van Bonne.
Het werd tijd dat ze haar recensie ervan mailde.

Wel een suikerzoet Amerikaans omslag, zou erin komen staan.
Ze begon her en der wat te lezen en merkte dat haar Engels niet goed
genoeg was om op fragmentjes een mening te kunnen baseren.

De verantwoording die de schrijfster in de inleiding aflegde,
verminderde haar weerstand. Ze betrapte zich erop instemmend te
knikken bij de zinsnede dat een vrouw die de vijftig gepasseerd is,
het zich niet kan permitteren om een man van pakweg tien jaar ouder te nemen, tenzij ze op korte termijn zijn verpleegster wilde zijn.

Ze schoot in de lach. Het mens schreef in elk geval humoristisch,
dat was het mailen aan Bonne waard.

Met een glimlachje las ze door. Af en toe hoofdschuddend, maar
ook wel met een enigszins beschaamd knikje als het om zaken ging
als vertrouwen op je eigen vrouwelijkheid, je mooie kanten koeste-
ren en laten zien, en anders dan anderen durven zijn.

Er ligt een aardig psychologisch en feministisch sausje overheen,
zou ze ook mailen aan Bonne. Maar naarmate ze vorderde, vond ze
de manier van omgaan met mannen van de schrijfster beschamend.

Hoe dat kwam wist ze maar al te goed, want zijzelf had in de eerste jaren na de scheiding wat al te makkelijke contacten met mannen gehad en zich niet zo bekommerd om hun gevoelens. Het omgekeerde gold overigens net zo... Een avondje uit voor de flirt. Een
poepduur etentje met iemand die geen tafelmanieren bleek te hebben. Of wiens doorzichtige complimenten haar de eetlust benamen.
Een teleurstellend nachtje in een vreemd bed. Smoezen om ervanaf
te komen. Geen zaken om trots op te zijn...

Ze huiverde en trok de trui vaster om zich heen.

Het was maar goed dat de overgang haar bij haar lurven had genomen en haar een flink pak rammel had gegeven. Niet dat het leuk
was met die somberheid, dat nerveuze en die plotselinge zweetaan-
vallen. Maar die periode had haar wel gedwongen tot zelfonderzoek.
Met de vervelende uitkomst dat ze bij mannen de bevestiging zocht
die ze zichzelf met haar eeuwige zelfkritiek niet gaf. Ga er maar

aan staan. Maar het was gelukt. Ze kon erop terugkijken, zonder schaamte over haar gemeier en gezeur tijdens die jaren. En plukte ze er intussen niet de vruchten van? Ze wist wat ze wilde. Een goed leven leiden met zichzelf. En eventueel met een man die begreep hoe de werkelijkheid in elkaar zat omdat ook hij door het een of ander op zijn nummer was gezet.

'Ik kan het in mijn recensie "schraal van gevoelsleven" noemen,' mompelde ze toen ze er genoeg van had, het boekje sloot en terug-legde op de andere bedhelft. 'Vreselijk om nachtjes stoeien met een jongere man plezierig te moeten vinden. Een jongere man, ik moet er niet aan denken.'

Op de radio speelde een lieflijk stukje gitaarmuziek. Ze spitste haar oren, dronk het laatste slokje wijn, knabbelde het laatste kaas-koekje op en sloot haar ogen om beter te kunnen luisteren. Haar gedachten dwaalden naar een échte partner, een man die, in tegen-stelling tot een jonge minnaar, voor een nuchtere Hollandse te ver-kiezen was. Iemand die jou gewoon lief vindt om wie je bent, niet om hoe sexy je bent opgedoft. Die jou waardeert om wat je te geven en vertellen hebt, en die af en toe uit zichzelf zijn arm om je heen slaat, gewoon omdat dat uit zijn hart komt. En ze dacht dat ze met zo'n man wel haar leven wilde delen, en ook heel nuchter dat zo'n type ongetwijfeld liefdevol levenslang werd vastgehouden door de vrouw van wie hij hield.

Met opgerolde mouwen pakte Ard het ene na het andere boek uit de dozen op de eettafel. Pockets waren het voornamelijk. Een enkele vuistdikke thriller. Die hij ooit gelezen moest hebben, maar geen idee waarover het ook alweer ging.

De meeste boeken kwamen op de stapel terecht voor het oud pa-pier. De tand des tijds had zijn sporen nagelaten. Gescheurde omsla-gen, gebroken ruggen, eruit vallende katernen. Goedkope uitgaven, bestsellers waren het, en zo te zien mee geweest op kampeervakan-ties. En een enkel gebonden boek met achterhaalde onderwerpen op het gebied van milieu, politiek en techniek. Idioot dat hij nog lange tijd dacht dat deze boeken de moeite waard waren. En dat ze vier jaar lang elke dag weer in de weg hadden gestaan bij de tekeningenkast.

Op de bodem van de laatste doos vond hij een tiental oeroude pockets. Over modelspoorlijnen, vliegtuigherkenning, de laatste zeezeilschepen en nederzettingen in het Amazonegebied.

Hij grinnikte. Aardig als herinnering, maar wat moest hij ermee? Bovendien vielen ze van ellende bijna uit elkaar. Weg ermee.

Hij pakte het laatste stapeltje eruit. *Laat vrouwen voor je vallen*, las hij. 'Grote goden!' riep hij uit. 'Een jeugdzonde!'

Hoofdschuddend bladerde hij erin. Hij klapte het dicht en bekeek het omslag. Een zwaar opgemaakte vrouw keek hemels op naar een blonde jonge god. De titel stond gedrukt over haar blote borsten zodat het netjes bleef.

Hij draaide het om. 'Elke man kan vrouwen verleiden', stond er met grote letters op de achterflap. 'Ook u!'

Met opgetrokken wenkbrauwen bekeek hij de inhoudsopgave. En opeens herinnerde hij zich dat hij het enigszins besmuikt bij een boekenstalletje had gekocht. Het was een tijd na Noortje, met wie alles vanzelf was gegaan. Maar mooi ging het zo niet bij een lollig en ad rem blondje. Bij haar bleef hij aan de zijlijn en miste hij het zelfvertrouwen om toe te happen. Het was natuurlijk nooit wat geworden. Een vent met kennelijk natuurtalent had haar opeens weggekaapt. Ook al was hij pas weer echt verliefd geworden toen Ella in zijn leven kwam, wat vriendinnetjes betreft waren er toch betere tijden aangebroken. De stelling dat men al doende leert, was opgegaan.

Hij sloeg de eerste bladzijde op. 'Vrouwen zijn helaas geen hengels,' las hij. 'Helaas, inderdaad. Want mannen gaan bij het kopen van een hengel zorgvuldig te werk, terwijl ze onbezonnen door verliefdheid hun vrouw kiezen.'

Hij grinnikte en ging erbij zitten. 'Een huwelijk sluiten is vlug genoeg gedaan. Het ontbinden ervan duurt soms vele jaren... Dit is een boek voor mannen. Vanuit professioneel standpunt stel ik dat een man de noodzakelijke ervaringen dient op te doen die hem aangeven met wie hij tot een succesvolle verbintenis kan komen. En vooral met wie niet.'

Met enige scepsis las hij door. Het bleek de schrijver vooral te doen om het verleiden van zoveel mogelijk vrouwen om daardoor te weten wat men wil en nodig heeft, en zo tot de juiste keuze te komen.

Knap tijdrovend, vond hij.

Af en toe schoot hij in de lach om gedateerde meningen en zegswijzen. Hoofdschuddend bekeek hij de zwart-witfoto's van de verschillende fasen van een vrijage, waarop door de soft focus niets te zien was wat aanstoot kon geven. Terwijl de adviezen in de tekst bepaald niets te raden overlieten. De schrijver van de *operation instructions* van zijn videorecorder kon er een voorbeeld aan nemen.

Na een tijdje kreeg hij genoeg van het ouwe-jongens-krentenbroodtoontje. Hij bladerde wat terug. 'Vrouwen willen uitvoerig verleid worden tot het ontvangen van die eerste zoen,' las hij net nog. 'Ze geven zich niet zomaar, u zult er moeite voor moeten doen.'

Wat een ouderwetse flauwekul, dacht hij terwijl hij het boek in de doos voor het oud papier wierp. Vrouwen barsten vandaag de dag van de initiatieven. Bovendien, het mag toch ook allemaal wel een beetje vanzelf gaan? Dan eens zij, dan eens jij. Zo gaat het als het gemeend is, en dan komt de rest gewoon omdat je haar lief vindt, graag bij je hebt en vasthoudt.

Hij keek een poosje naar de boeken die misschien nog de moeite waard waren om te bewaren of weg te geven, stopte ze uiteindelijk toch ook maar in dozen, vouwde de flappen dicht, sjouwde ze naar de garage en keerde tevreden terug naar de eetkeuken voor een kopje espresso.

Opeens had hij het best aardig gevonden als daar een vrouw waarderend had gezegd dat het fijn was dat die troep eindelijk weg was. Het was absoluut geen pijnlijke gedachte. Hij dacht het wel eens vaker, vooral nu het hem uit hedendaagse boeken over mannen en vrouwen duidelijk was dat je waardering moest uitspreken, dat je moet snappen hoe de manier van communiceren van de ander is, dat zij wel eens een heel andere liefdestaal kan spreken dan jij en dat je die moet leren verstaan.

'En dat is andere koek dan het verleiden van vrouwen,' zei hij voor zich heen. 'Wat een achterhaalde onzin.'

4

De bomenbuurt was inderdaad bepaald ruim opgezet. Neem de Berkenlaan, waaraan Lotte op nummer 6 woonde. Steeds twee met de garages aan elkaar verbonden huizen werden afgewisseld door een brede groenstrook, die doorliep tot aan de erachter gelegen Beukenlaan. Keurig volgens de straatnamen stonden aan de ene kant van die groenstrook berken en aan de andere kant beuken. In het middelste deel waren populieren geplant, snelle groeiers die inmiddels flink hoog waren en de achter de huizen gelegen tuinen luwte en een groen aanzicht boden.

Liefhebbers van het oude stadshart vonden het er maar saai. De bewoners zelf haalden daar hun schouders over op. Zij hadden ruimte om zich heen. Gasten konden hun auto voor de deur parkeren. Verkeerslawaai en uitlaatgassen ontbraken. Er heerste rust. Kinderen mochten er op straat spelen, honden konden er ravotten en katten werden er niet doodgereden. De was kon aan de lijn drogen, vogeltjes nestelden er, je had alle ruimte om je auto te wassen of de tent te laten luchten en met mooi weer zat je toch maar lekker rustig in je eigen tuin als de stedelingen in de file stonden, op weg naar frisse buitenlucht.

Bovendien liep er geen straat of laan recht en waren de percelen bepaald speels van vorm. Nummer 6 bijvoorbeeld stond in een flauwe bocht van de Berkenlaan op een groter stuk grond vanwege de aangebouwde praktijkruimte. De buren van nummer 8 hadden als tuinliefhebbers een nog groter perceel mogen kopen. Dergelijke wensen waren bij het ontwikkelen van het plan al ingediend en gehonoreerd.

Speels van opzet werd het indertijd genoemd en nog altijd werden er studenten planologie rondgeleid, net als gemeentebestuurders van elders.

Intussen kon je het geen nieuwbouwwijk meer noemen. De populieren waren daar al veel te hoog voor, net als de wilgen langs de uitgegraven singels en vijvers. Zelfs de beuken, die toch geen vlotte groeiers zijn, kregen een stoer voorkomen. De huizen hadden trouwens intussen menig verfkwast gezien.

Lotte had de wijk zien groeien. Ze woonde er dan ook van meet af aan, inmiddels ruim twintig jaar, en geen haar op haar hoofd dat ze er ooit zou vertrekken. Het huis was trouwens haar spaarpot. De waarde was enorm gestegen. In de huidige tijd hadden ze het zich nooit of te nimmer kunnen permitteren. Destijds werd een beginnend fysiotherapeut nog geholpen door de instanties en geldschieters omdat er een tekort aan paramedici was.

Een vliegende start was het geweest, iets wat Lotte zich door de huisvestingsperikelen van Marije extra realiseerde. Zijzelf had het in de schoot geworpen gekregen… En nu nog bofte ze dat de praktijkruimte haar huurinkomsten opleverde. Zonder zou ze er na de scheiding niet hebben kunnen blijven wonen. Dat was ook andere vrouwen in de buurt niet gelukt. Zij hadden wél moeten verkopen. Zoals de vrouw schuin achter haar, op de Beukenlaan nummer 4, waarheen ze Bonne en Marije wel had gebracht om er te spelen. Overigens, meestal deed Paul dat soort dingen, die immers aan huis werkte en de meisjes na schooltijd opving, waardoor zij daar geen rekening mee hoefde te houden en buiten werktijd allerlei cursussen en trainingen had kunnen doen.

Nu was ze haar ex-man daarvoor dankbaar. Alleen toen niet… Toen vond ze zijn inbreng doodgewoon en reageerde ze geïrriteerd en later zelfs woedend, omdat hij zich steeds minder gelegen liet liggen aan het gezinsleven en steeds verder de voetballerij indook. Ze had niet willen begrijpen dat het zijn goed recht was om ook dingen te doen zonder zijn vrouw en dochtertjes.

Afschuwelijk en doodzonde, vond Lotte achteraf. Maar toen was er geen weg meer terug. Paul trad in dienst van de voetbalclub en ging uit huis. De praktijkruimte bleef leeg achter. Vanuit een wereld waarin hij veel geld verdiende, en die de hare niet was, regelde Paul de scheiding. Het huis liet hij aan haar, terwijl hij ook de opleidingen van de meiden betaalde.

In die zin was het een gelukkige scheiding. Dat hamerde Karin er destijds bij haar in. Want Karin was het die Lotte telkens weer en tot vervelens toe op het positieve en goedwillende van de voorstellen van Paul had gewezen.

Met alles wat Lotte nu wist over mannen en vrouwen, keek ze enigszins beschaamd terug op haar gedrag van toen. Had ze maar afgeweten van de verschillende denkwerelden en communicatiestijlen van mannen en vrouwen… Zouden ze dan wel bij elkaar zijn gebleven?

Maar het was niet reëel zo te denken. Toen wisten ze niet beter, snapten ze elkaar niet en werd het van kwaad tot erger. Zo eenvoudig lag het. Bovendien, alle psychologische kennis en kunde van de laatste jaren deed de echtscheidingscijfers niet dalen. Dus…

De tuinen van de Berkenlaan lagen door hun schots en scheef zijn zo ongeveer op het zuidoosten, die van de Beukenlaan gemiddeld genomen op het noordwesten. Ook de dakkapel van het huis van Ard op nummer 4 lag op die kant.

Meer huizen in de buurt hadden een dakkapel, maar sommige huizen aan de Beukenlaan waren juist aan de zonnige voorzijde voorzien van een inpandig balkon. Het huis van Ard had beide, het was daar dubbelop. De zolderkamer was daardoor ongelooflijk licht en heel speciaal van sfeer. Dat had bij hem de doorslag gegeven om het te kopen.

'Dit soort grapjes maakt deze plaats dan ook enorm gewild,' had de makelaar blasé en arrogant verklaard, 'er is voor elk wat wils.'

Terwijl als extra bonus de bouw ook nog ouderwets gedegen is, had Ard gedacht, maar niet gezegd. En hij kon het beoordelen. Dat joeg de vraagprijzen helaas nog meer op, maar in de toekomst zou dat rustig doorgaan…

Langs zowel de Berkenlaan als de Beukenlaan liepen singels die, voorbij de dwars erop verlopende Populierenlaan, bij elkaar kwamen in een vijver. Daarin dobberden de eenden van de kinderboerderij. Achter de kinderboerderij waren tennisbanen en het openluchtzwembad dat sinds een aantal jaren was uitgebreid met een overdekt golfslagbad. Waar, tandenknarsten de wijkbewoners, de mensen uit de stad die het hier zo saai vonden maar al te graag kwamen zwemmen, en met mooi weer recreëerden.

In het voormalige dorpshart waren dagelijkse dingen te koop, er was zelfs een Chinees en een pizzeria. Daar kon je bekenden treffen voor een praatje.

Het laatste pluspunt dat die arrogante makelaar steevast in zijn advertenties noemde, was dat je er je eigen gang kon gaan. Als je geen contact wilde, hoefde je niets van elkaar te zien simpelweg omdat er geen direct zicht was op de andere huizen. Dat klopte. In de vier jaar dat Ard aan de Beukenlaan woonde, hadden Ard en Lotte wel ontdekt dat ze achterburen waren, maar elkaar op een vrolijke groet na nog nooit gesproken.

Het flinterdunne laagje sneeuw dat die nacht gevallen was, lag schattig over bomen en struiken, gazons en daken. Omdat de temperatuur alweer tot het nulpunt gekomen was, zou het snel verdwenen zijn. Daarom maakte Lotte maar meteen toen het licht was het voorgenomen wandelingetje naar de bakker en de kiosk in het oude dorp. Op de heenweg knisperde de sneeuw nog onder haar laarzen, op de terugweg sopte het al.

Om er nog een beetje van te profiteren, liep ze op haar gemak een stukje om, via de Beukenlaan en aan het eind daarvan de Wilgenlaan. Er scheen voor zolang als het duurde een waterige zon. Vanuit het westen drong grijze lucht op waaruit volgens het weerbericht hoogstens nog natte sneeuw kon vallen, maar de kans op regen was groter.

Het was vast daardoor, en niet door het vroege uur op de vrije zaterdag, dat niemand de stoep voor zijn huis schoonveegde. Wel stonden er bij een paar huizen mensen voor het raam naar buiten te kijken. Lotte stak haar hand naar ze op in een groet.

Ze keek een poosje naar kinderen die een sneeuwpop probeerden te maken. De sneeuw pakte niet. Zelfs een eenvoudige sneeuwbal mislukte, de bal die voor haar bestemd was, viel al in de lucht uiteen. Ze nam zogenaamd wraak, legde het draagtasje met croissants en tijdschriften op een tuinmuurtje, veegde daar een handvol sneeuw van af, vormde het tot iets wat een bal moest voorstellen en mikte terug. Knudde natuurlijk.

Met het restje sneeuw in haar handen poetste ze over haar wangen. Blozen moest je in de winter, blozen van vrieskou en schrale wind! De mooiste schoonheidsbehandeling was dat, er kon geen geavanceerde nachtcrème met superwerkstoffen tegenop.

Maar het was te warm. Te warm om te gaan blozen. Te warm voor de in de herfst gekochte felroze wollen muts met paarse stippen die ze tegen beter weten in droeg.

Puffend trok ze hem van haar hoofd. Ze fatsoeneerde met haar vrije hand haar haren en trok de sjaal los. Opeens had ze het gevoel dat er iemand naar haar keek maar er was niemand. Ze stopte de muts in het draagtasje en wandelde door.

'Hé hallo,' hoorde ze toen van boven. 'Het dooit al.'

Daar was het gezicht van haar achterbuurman over de rand van zijn inpandige balkon.

'Hé hallo!' groette ze terug. 'Ja, jammer.'

Een uur later was er inderdaad geen spoortje sneeuw meer te bekennen. De lucht was egaal grijs. Het was waterkoud.

Meid, met dit weer moet je er iets gezelligs van gaan maken, zei Lotte inwendig tegen zichzelf. En dat is níét stoffen, strijken, soppen. Dat weet je best. Ga iets leuks doen nu je geen rekening hoeft te houden met Marije. Laat de boel de boel en ga lekker naar de stad! Zet je speurtocht naar een paar betaalbare modernere laarzen voort. Informeer naar de prijs van de nachtcrème van dat monstertje. Koop een nieuwe springvorm in plaats van dat roestige kreng dat aanbakt en niet meer betrouwbaar sluit. En koop lekker luxe avondeten.

Nu de deur van de tekeningenkast op de kantoorkamer van Ard wagenwijd open kon, was het makkelijker om daar opruiming in te houden. Dat was hoog tijd. Systematiek was ver te zoeken. Een mooie klus voor de vroege zaterdagochtend. Bovendien werkte het weer mee. Er mocht nu zon zijn, de weersite op internet gaf aan dat er over een uurtje een grijs wolkendek over het land zou schuiven waaruit natte sneeuw of regen ging vallen.

Hij opende de balkondeuren en ging aan de slag. De hele rimram eruit, de stofzuiger erbij, een hete sopdweil erdoor, sorteren op de werktafel en op volgorde leggen op de vloer. Tijdens het drogen van de kast beneden espresso en de krant.

Toen het zover was en hij de koffie aanstampte in de filterhouder, die vastklikte in de machine en hij de schakelaar indrukte, voelde hij zich al knap tevreden. Als Annebeth nu de eerste de beste keer dat hij er niet werkte het kantoor schoonmaakte? Ze moest zich niets aantrekken van alle snoeren en kabels. Dat waren nu eenmaal stofnesten, niets aan te doen. 'Geen van mijn klantjes heeft zo'n ingewikkeld gedoe met computers en zo'n troep aan snoeren en kabels als jij,' hoorde hij haar weer mopperen. 'En ze hebben een normale telefoon en radio, en geen enge sissende espressoapparaten. Jij ook met al die idiote dingen. Geen vrouw wil zulke belachelijk grote geluidsboxen in huis, als je dat maar weet.'

Lucky boy, dacht hij grinnikend terwijl hij toekeek hoe de koffie langzaam in het kopje druppelde. Hoe vruchteloos was zijn poging geweest om haar uit te leggen waarom de boxen niet in de andere hoek van de kamer konden. Ze was een tophulp, maar technisch of ruimtelijk inzicht ontbrak bij haar totaal. Bij de meeste vrouwen, bleek uit de boeken. Op Victorine na dan, die had er wel kaas van gegeten.

Meteen stond hem een prima ordening van de tekeningenkast voor ogen. Er moesten bovenin twee planken komen voor ordners, die trok je door het oog onder in de rug zo naar je toe. Dan was er onder in de kast ruimte voor een hangmappensysteem. In hangmappen moest je van bovenaf kunnen kijken.

Veel praktischer zou de kast worden, want veel overzichtelijker. Vooral als ook de correspondentie over een bepaalde tekening zich in diezelfde hangmap bevond in plaats van in een ordner. Een mooie klus voor Michiel, die graag bijverdiende, 'omdat de horeca weinig betaalt maar veel kost…'

Hij ging terug naar boven. Het was nog maar een dun zonnetje dat naar binnen scheen, waardoor het er koud geworden was. Buiten hoorde hij kinderstemmen. Hij boog zich over de balkonrand en zag hoe kinderen probeerden sneeuwballen naar zijn achterbuurvrouw te gooien. Nu droeg ze weer een leuke felgekleurde muts. Ze speelde het spelletje mee en mikte een sneeuwbal terug. Amper in de lucht viel het ding al uiteen. Een tafereeltje naar zijn hart. De kinderen riepen nog iets, zijn achterbuurvrouw waste haar gezicht met sneeuw. Ze deed haar muts af en trok de sjaal om haar hals losser. Het was ook helemaal niet koud, de sneeuw op de balkonrand drupte al naar beneden. Ze propte de muts in een draagtasje. Er moest een druppel bij haar zijn neergekomen, ze keek zoekend naar wat ze had horen vallen om zich heen.

'Hé hallo,' riep hij naar beneden. 'Het dooit al.'

Ze keek op. 'Hé hallo! Ja, jammer.'

Hij boog om de deurhaken los te maken. Toen hij weer rechtop stond, liep ze langs het buurhuis. Daar waren het uitslapers. Ze zouden niet eens weten dat er sneeuw had gelegen en het rustig aan doen omdat het toch rotweer was.

Wat velen op deze zaterdagochtend zouden doen. Waardoor het in de stad voorlopig nog rustig was, gunstig om meteen maar zo'n hangmappensysteem te halen!

5

Lotte wist eigenlijk nog dondersgoed in welke winkel ze bij het kopen van de kerstcadeautjes de mooiste laarzen had gezien voor de gunstigste prijs. Een hippe zaak was het. Heel groot maar dat had je door de indeling niet in de gaten. Aan de kant van de populairste winkelstraat van de hele stad, was de vrouwenafdeling met ook tassen, riemen en leren jasjes. Daar ging het geleidelijk over in een afdeling met wandelschoenen, rubberlaarzen en bergschoenen, en vervolgens jacks, truien en broeken van speciaal ademend materiaal voor buitensporters. En voorbij die afdeling, die je ook via de smalle achterstraat kon bereiken, was de afdeling mannenschoenen.

Na het parkeren ging Lotte rechtstreeks op die winkel af. Er was nog maar een enkele klant. Een verkoopster ging naar het magazijn voor de betreffende laarzen in haar maat. Ze dacht wel dat ze er nog waren. Intussen bekeek Lotte een leren tassenset voor op reis. Een juweeltje, ook qua prijs. Maar daarvoor had je dan ook een verfijnd koffertje, een weekendtas en een handtas in fluweelzacht donkerbruin leer, de handtas had vakjes voor lippenstift, creditcards en natuurlijk voor een mobieltje. Ze smulde van de aanblik. Wat moest het heerlijk zijn om veel per auto of trein te reizen en zo'n set nodig te hebben. Voor vliegen was het te verfijnd.

'Prachtig, vindt u niet?' vroeg de verkoopster. Lotte had haar niet zien terugkomen. 'Echt iets voor een type als u. Want wat draagt u een enige regenjas. Zo charmant met die laaghangende capuchon.'

Lotte voelde zich gevleid, maar wist beter.

'Ik reis nooit voor mijn werk,' zei ze met een glimlach. 'En de laarzen…?'

Die stonden prachtig, zaten afschuwelijk en lopen erop was vrijwel onmogelijk. Ook een ander paar, en nog een stel dat er toch echt wel leuk uitzag en nog vrij duur was ook.

Lotte had haar sjaal al afgedaan en haar regenjas volgde, zo warm kreeg ze het ervan.

'En wat vindt u van deze?' vroeg de verkoopster terwijl ze weer een doos opende. 'Het is uw maat, hoewel ze klein vallen. Maar in een maatje groter hebben we ze alleen nog in het rood.'

'Nee, geen rood,' zei Lotte.

Ze waren inderdaad aan de krappe kant, maar stonden goed, omsloten mooi haar voeten en benen, en liepen goed. De prijs was zelfs iets lager dan van het eerste stel.

'Niet doen,' adviseerde de verkoopster met haar duimen op de neuzen drukkend. 'Zal ik die rode halen voor de maat? Dan kunnen we ze misschien bestellen in het zwart.'

Lotte somde op waarom ze nooit rode zou kopen. Een onpraktische kleur. Eigenlijk ordinair. Nergens bij te dragen. Niet geschikt voor op kantoor. En ze was er veel te oud voor, voor rood. Maar uiteindelijk vond ze het wel praktisch om de maat te testen.

In afwachting van de terugkeer van de verkoopster keek ze wat rond. Haar oog viel op een rode leren riem. Omdat het woord rood nog door je hoofd zweeft, dacht ze. Daardoor zie je overal rode dingen. Opeens haalde ze zich ook haar rode regenhoedje voor de geest. En de paraplu. Ze had bovendien een rood T-shirtje dat overal bij en onder paste. Een bloedkoralen ketting. Een rode trui met grote col, sportief voor op een spijkerbroek. Roodachtige instappertjes zelfs.

Wat had ze eigenlijk veel in rood.

De verkoopster kwam eraan.

'Eigenlijk heb ik best veel in rood,' zei Lotte lacherig. 'Wat dat betreft…'

De laarzen zaten als een tweede huidje om haar voeten en onderbenen. De hakken waren niet te plat en niet te hoog. Ze liepen even soepel als gympies. Ze stonden enig. Wat moest ze erom lachen toen ze haar onderdanen in de spiegel zag. Wat kwiek, wat apart. Absoluut niet ordinair.

Eigenlijk veel leuker dan zwart. Je moest alleen opvallender door het leven durven gaan. Maar dat durfde ze toch? Die vervelende overgangstijd, waarin ze zich liever schuil hield, was toch achter de rug? Ze durfde toch weer met haar neus in de wind te lopen en ze mocht toch gezien worden? Daarom hád ze toch ook al het een en ander in rood?

'Zal ik ze dan maar in zwart bestellen?'

Lotte slikte. De verkoopster was niet gek. 'Ik zou zelf deze nemen,' zei ze. 'Veel aparter. Maar helaas, mijn kuiten zijn te dik en rood accentueert dat. U heeft slanke benen en, als u het mij vraagt, dit geeft u nou net dat speciale, dat leuke, dat aparte, u weet wel. Loopt u er nog eens op. Met uw jas aan, voor het effect...'

Ard parkeerde strategisch slim op het tijdelijke terrein dat was ontstaan door de sloop van een paar bouwvallige huizen. Vandaar liep je via een steeg het straatje in parallel aan de grootste winkelstraat. Een paar winkels daaraan hadden een achteringang, en zo was het snel doorsteken richting Botermarkt en het overdekte winkelcentrum, waar de kantoorboekwinkel was voor de hangmappen.

Het ging vlot. In de kantoorboekwinkel was op wat personeel na geen kip te bekennen. De koop was snel gesloten.

'Verder niets nodig?'

'Nee.'

Gelukkig niet, dacht hij.

'Bon met btw?'

'Zeker.'

Klaar was Kees.

Terug ging hij ook via de Botermarkt. Hij wierp een blik op de broodjeszaak. Voor goulashsoep en een broodje ros was het nog te vroeg. Hoewel... als het om trek ging...

Via een gigantische drogisterij en parfumerie liep hij naar de achterstraat. Hij passeerde de ingang van de buitensportzaak, bedacht dat hij kon kijken naar gevoerde laarzen, en ook dat het handiger was eerst de hangmappenboel in de auto te leggen.

Al snel liep hij weer terug, richting winkels. Bij de buitensportzaak was het wat drukker aan het worden. Natuurlijk, mensen die in het buitenleven geïnteresseerd zijn willen op hun vrije zaterdag niet winkelen in een stad. Hij stapte naar binnen, vroeg aan een verkoper naar gevoerde laarzen. 'Nee, niet voor in de stad. Voor buiten. De tuin, vissen, dat soort dingen.'

Hij keek wat rond in afwachting van de terugkeer van de verkoper.

Zijn oog viel op een vitrine met zakmessen. Hij liep er heen. Mooi spul. Onverwoestbaar. Het zijne had hij al minstens dertig jaar. Er waren intussen wel handigheidjes bij gekomen. Hij bestudeerde de messen zorgvuldig en vroeg nadere informatie aan de teruggekeerde verkoper.

Hij paste de laarzen, liep wat heen en weer en vroeg naar de prijs.

'Oké,' zei hij terwijl hij ging zitten. 'Klaar.'

Bij het afrekenen knorde zijn maag. Een ontbijt met banaan, yoghurt en espresso voedt ook niet. Maar om nu weer terug te gaan naar de Botermarkt... bovendien werd het hoog tijd dat hij eens een kijkje nam in het nieuwe grand café dat Victorine had ingericht.

'Merci,' zei hij toen hij de draagtas met laarzen aannam.

Hij keek even om zich heen. Het was praktischer om de andere uitgang te nemen, aan de kant van de winkelstraat. Met mededogen keek hij naar een man die stond toe te kijken hoe een verkoopster zijn vrouw in een leren jasje hielp. Daardoor zag hij ook zijn achterbuurvrouw op rode laarzen paraderen. Dat was toch ook sterk. Maar het leek hem beter om door te lopen.

Nu ze laarzen had gekocht piekerde Lotte er niet over achter de nachtcrème aan te gaan. Het geld kon wel op. Een nieuw springvorm kon er nog wel af, maar eerst wilde ze koffie. Het nieuwe grand café was het leukste om heen te gaan. De gelegenheden in de winkelstraat waren daarbij vergeleken oubollig. De huishoudelijke artikelenzaak was er trouwens vlakbij.

Dat ze nu zomaar rode laarzen had gekocht. Wat zou Marije zeggen? En Karin? Karin zou enthousiast zijn. Dat was ze ook over het gekke regenhoedje. Grappig, zelf was Karin altijd nogal klassiek gekleed. Volgens Bonne volkomen terecht omdat ze daar nu eenmaal het type voor was. Casual, romantisch en gipsy-stijl maakten Karin volgens de deskundige armoedig of tot een regelrechte kermistante. Wat Karin zelf volmondig beaamde.

Lotte stak de Botermarkt over. Van het winterse weer in de vroege ochtend was niets meer over. Er hing een sombere stilte, er liepen maar een paar mensen. Ze ging de draaideur van het overdekte winkelcentrum in. Meteen rechts was het grand café. Het was ook daar nog rustig. Vandaar natuurlijk dat ze lokten met heerlijke combinatieaanbiedingen vóór 12 uur. Cappuccino met perentaart was dat vandaag. Toch te veel geld, vond Lotte. En ze had al een croissant gehad, dus géén taart.

Een serveerster klom net op een krukje om het lunchmenu van de dag op een schoolbord te schrijven. Lotte koos de leestafel omdat die behoorlijk verlicht was zodat ze eventjes haar laarzen kon bekijken.

'Cappuccino,' bestelde ze.

'Er is een aanbieding van cappuccino met gebak van de dag. Perentaart met onderin een laagje hazelnoten. Heerlijk!'

'Pft,' deed Lotte.

De serveerster keek afwachtend.

'Perentaart met hazelnoten...' herhaalde Lotte.

Als ik nu bij die luxe groentezaak verderop voor vanavond een rauwkostsalade meeneem, dacht ze, dan kan het wel. Het is tenslotte weekend.

'Als u wilt met slagroom...'

Lotte zwichtte.

'Maar zonder slagroom!'

Het is ook leuk om met koffie en taart mijn nieuwe laarzen te vieren, dacht ze terwijl ze de serveerster nakeek. Ze merkte zelf het ongerijmde, grinnikte inwendig en trok de draagtas met laarzen op de andere stoel naar zich toe. Nieuwsgierig nam ze de schoenendoos op schoot en deed hem open. Ze schoof het vloeipapier opzij en bewonderde de kleur. Zo soepel als het leer van de schacht was!

De serveerster kwam met de bestelling. 'Wat een prachtige laars, mevrouw! Rood, wat leuk. Dat is nu eens anders dan al dat zwart en bruin. Enig.'

Lotte knikte en vouwde snel het vloeipapier weer terug. 'Ik ben er ook blij mee,' zei ze. Ze sloot de deksel op de doos en boog wat opzij om hem weer in de draagtas te schuiven. Toen keek ze steels om zich heen omdat ze het op de een of andere manier een beetje vreemd vond zoals ze met haar handen onder tafel had zitten prutsen.

Onzin, zei ze inwendig tegen zichzelf. Logisch dat je als vrouw zo'n bijzondere aankoop nog eens wilt bekijken. En dat de complimenten van andere vrouwen je goed doen. Dat heel eventjes gedeelde speciale gevoel dat je een leuk mens bent, dat iets je flatteert. Laten we wel wezen, wat je als gescheiden vrouw mist.

Die gedachte kabbelde gewoon door haar heen, zoals gedachten dat de hele dag door doen. Maar erachteraan kwam een vaag verdrietig gevoel dat, ze voelde het zelf, haar mondhoeken in een melancholisch glimlachje trokken. Want je bent in je elegante regenjas, met je kekke rode regenhoedje en je opvallende rode laarzen, toch echt een alleenstaande middelbare vrouw, dacht ze. Met grijs haar onder het kastanjebruin en een te stevig vetlaagje, tegen beter weten in monstertjes nachtcrème met werkstoffen smerend, met dikmakende perentaart voor je neus om weg te eten dat... dat je misschien diep van binnen huilt om ouderdom en eenzaamheid?

Belachelijk, vermaande ze zich tegelijkertijd. Doe niet zo idioot en melodramatisch. Wees blij dat je je financieel het een en ander kunt permiteren. Dat je al meer dan vijftig jaar gezond mag leven. Dat je misschien wel ouder dan tachtig wordt, net als je ouders. Dat je een uniek mens bent, met gezonde dochters, een fantastisch huis, een leuke baan en fijne vrienden en vriendinnen. En zeur niet, tel je zegeningen. Geniet van dit moment in plaats van jezelf in de put te helpen.

Waardoor ze gehoorzaam rechtop ging zitten en voorzichtig proefde of de cappuccino erg heet was, wat het geval bleek, en een stukje van de taart afsneed om te ontdekken of de hazelnoten op de taartbodem lagen omdat ze die er niet bovenop zag zitten.

Tegelijk zag ze haar achterbuurman, die twee oudere dames voor liet gaan het grand café in. Dat was nu toch ook toevallig. Hij zag haar niet, daarom kon ze hem rustig bestuderen. Een grote man was hij. Met een blozend gezicht, mooi grijs haar en een sjaal in een prachtige paarsblauwe kleur. Met een verraste uitdrukking op zijn gezicht bekeek hij het interieur. Zijn aandacht was voor de fel gekleurde luie sofa's langs de muren. Voor de gigantisch grote lampen in veelkleurig kunststof. Voor de bar waarboven een draperie van flonkerende glasplaatjes. En voor de stoeltjes in pastelkleuren rondom de leestafel vol tijdschriften en kranten, waaraan zij aan het uiteinde zat.

Nu zag hij haar.

'Hé hallo,' zei ze met haar hand groetend in de lucht. Ze moest opeens zomaar een kriebel in haar krullen wegkrabbelen en verbaasde zich erover dat haar andere hand uit zichzelf de kop cappuccino naar haar mond bracht.

Je zou eens iets hartelijks tegen je buurtgenoot kunnen zeggen, zei een stemmetje in haar. Je bent er vlot genoeg voor, toch?

Maar eerst je mond afvegen, riep een ander stemmetje. Misschien heb je wel een witte schuimsnor!

Terwijl haar wijsvinger gehoorzaam langs haar bovenlip streek, zei haar eigen normale stem iets met een uitnodigende lach erin over de leestafel heen. Iets wat ze zelf nooit zomaar tegen een feitelijk onbekende zou zeggen. 'Hé, jij hebt vast ook schoenen gekocht, ik zie het aan die draagtas.'

Wat Ard meemaakte voor hij het grand café binnenliep? Op weg ernaartoe liep hij op de Botermarkt stomtoevallig Peter tegen het lijf, de vriend met wie hij viste en die hem in Ierland uit de put hielp met de eenvoudige vraag of hij dan met Ellen oud had willen worden.

'Wat doe jij hier?' vroeg Ard.

'Cadeautje kopen,' lachte Peter. 'Voor mijn vriendin. En jij?'

'Kantoorspul voor de zaak.' Hij zwaaide met de draagtas. 'En laarzen. De mijne lekten. Deze zijn gevoerd. Dus voor een volgende keer in Ierland ben ik klaar.'

Hij bedacht iets. 'Of mag je niet weg van je geliefde?'

Ze grinnikten.

'Het is samen met haar wel leuk,' zei Peter met een glimlachje. 'Nou ja, samen. Ze woont doordeweeks in haar eigen huis. Nu komt ze bij mij, een volgende keer ga ik naar haar.' Hij keek nu serieus. 'De weekends zijn daardoor absoluut anders. Ze vliegen om.' Hij lachte opeens. 'Aan de kranten kom ik nauwelijks nog toe, hoewel we elkaar heus niet steeds op de lip zitten. Iets anders, weet jij hier op de Botermarkt een juwelier? Ze had het over barnstenen oorbellen in de etalage bij een juwelier op de Botermarkt, maar…'

Ze keken het plein langs. 'Jammer dat de sneeuw alweer weg is,' zei Ard. 'Hé, is daar in dat verbindingsstraatje niet een juwelier?'

'Verrek,' zei Peter.

Ze keken elkaar begrijpend aan.

'Toch is ze hartstikke lief,' zei Peter.

'Aan ons mankeert vast ook wel wat,' meende Ard.

'Naarmate je ouder wordt weet je dat wel,' vond Peter.

Ze waren het helemaal eens. Daarom sloegen ze elkaar op de schouder bij wijze van begin van het afscheid.

'Ik kan het je aanraden, een relatiesite,' zei Peter hartelijk. En met een armbeweging naar de nog steeds stille en grijze Botermarkt, 'zo gemakkelijk loop je in je gewone dagelijkse doen en laten geen nieuwe liefde tegen het lijf.'

Ard lachte. 'We zullen zien,' zei hij.

En terwijl hij al koers zette naar de ingang van het overdekte winkelcentrum 'we bellen!'

In het voorbijgaan zag hij dat zijn bloedeigen broodjeszaak goulashsoep in de aanbieding had. Dat was dan jammer maar ter wille van Victorine moest hij echt dat grand café gaan bekijken. Als het hem er niet beviel kon hij altijd nog teruggaan.

En daar leek het aanvankelijk wel op toen hij bij de draaideur als beschaafd mens twee aarzelende oude theetantes voor moest laten gaan. 'Gaat uw gang, dames,' zei hij met een zo aardig mogelijk gezicht terwijl hij op zich nam het compartiment van de deur te duwen. Straks snel naar de goulashsoep, dacht hij, toen ze ook het grand café in wilden gaan.

'Na u,' zei hij.

Maar ze wilden toch niet, of toch wel. Hij deed de deur voor ze open. Ze bedankten hem uitbundig en maakten pas op de plaats toen ze de kapstok ontdekten om hun jassen op te hangen.

De deur die hij steeds met zijn schouder tegenhield, viel nu achter hem dicht.

Hij keek op en kon zijn ogen niet geloven. Wat een absoluut fantastisch interieur! Even gek als Victorine zelf met al die kleuren, glitters, toeters en bellen. Of ze er, zoals ze zelf zei, haar stempel dik en vet had opgezet! Het was haar sfeer, met die wonderlijke mix van luiheid en agitatie, van cultuur en kermisgoud, van harmonie en wervelwind.

Verrast en waarderend keek hij in het rond. Ik zal haar straks in de auto meteen even bellen om haar te complimenteren, dacht hij. En toch hier maar iets eten.

Nogmaals nam hij de sofa's in zich op, de lampen, de versieringen bij de bar en de parmantige in pastelkleuren gespoten stoeltjes bij de leestafel. Aan het uiteinde ervan zat zijn achterbuurvrouw. 'Hé hallo,' deed ze met haar hand.

Dat was nou toch ook toevallig. 'Hé hallo,' deed hij terug.

Ze leek nog iets te zeggen. Hij deed een paar stappen dichterbij en keek vragend.

'O jeetje,' zei ze, 'het was niets bijzonders. Maar ik zag dat je schoenen hebt gekocht, bij dezelfde winkel als ik.'

Ze wees naar de draagtas. Hij keek ernaar.

'Ja, inderdaad.'

'Een ontzettend leuke zaak is dit, vind ik,' zei ze met een hoofdbeweging naar de bar.

Hij knikte waarderend. 'Ik had geen idee. Een vriendin van me heeft het bedacht. Ik moest nodig eens gaan kijken.'

'Binnenhuisarchitect?'

Hij grinnikte. 'Smaakmaakster.'

Hij keek nog eens rond.

'Ze hebben hier ook nog lekkere dingen,' zei ze. 'Deze perentaart is verrukkelijk, vind ik.'

Hij krabbelde op zijn kruin. 'Ik wilde lunchen.'

Ze wees op de lunchkaart, verderop op de leestafel. 'De vorige keer dat ik hier was gingen de meeste verrukkelijk gerechten langs. Ik koos een tosti, maar het kan niet anders dan dat…'

Hij was de kaart al aan het bekijken. 'Gegratineerd stokbroodje met Italiaanse ham, uien, gedroogde tomaten en eekhoorntjesbrood,' las hij hardop.

De serveerster kwam aangelopen. 'U wilde een tafeltje?'

Hij keek naar de leestafel. 'Hier is best,' antwoordde hij. 'En bier graag. En dan dit stokbroodje.'

Hij wees het aan op de kaart, knikte nog eens, legde zijn jas op een stoel maar hield de sjaal om en keek welke stoel hij zou kiezen.

'Berkenlaan, is het niet?' vroeg hij.

Ze knikte. 'En Beukenlaan?'

Nu knikte hij.

'Zonder dakkapel, want met inpandig balkon,' stelde ze vast.

Hij schudde met zijn hoofd van niet. 'Beiden. Aan de achterkant de dakkapel en voor het balkon.'

Hij ging zitten. 'En jij woont geloof ik in het huis met de praktijkruimte ernaast?'

Ze knikte. 'Ik heet trouwens Lotte. Lotte van der Elster.'

'Ard Banckert. Woon je er al lang?'

'Van begin af aan. Het was toen één grote puinhoop.'

'Een bouwput bedoel je.'

Ze schoot in de lach. 'Puinhoop. Dat kan inderdaad helemaal niet.'

Zijn bier werd gebracht.

'Wilde u nog een cappuccino, mevrouw?' vroeg de serveerster. 'Was de taart lekker?'

'Ik moet nog een springvorm kopen,' zei Lotte met een blik op haar horloge. Nu was het Ard die in de lach schoot. De serveerster lachte mee.

'Ik zie het al,' zei Lotte die absoluut niet snapte waarom ze dat zei, 'doe me inderdaad nog maar een cappuccino.'

6

Lotte vond het doodeng dat Marije de uitgroei in haar haren ging verven. Die lachte dat weg, haar eigen haar gaf ze toch ook zo nu en dan een ander kleurtje? En Hedy had goed uitgelegd hoe ze het bij haar moeder moest doen. Hedy was een ervaren kapster en had de kleur en het merk van de haarverf geadviseerd.

Bij een ander ging het stukken makkelijker dan bij jezelf, dus een gok was het absoluut niet. Het scheelde een boel geld. 'En van je tijd verdoen in het gezelschap van je eigen suffe spiegelbeeld is geen sprake,' zei Marije plagend, maar met een ondertoon die maakte dat Lotte met een licht beschaamd lachje zwichtte.

Het was gekomen doordat Hedy eerder terugkwam van haar vakantieweekend. Zogenaamd omdat het weer tegenviel, maar vooral omdat ze haar lieverdje miste. Lotte had dat al voorzien en Marije had het op een bepaald moment echt gehoopt. Door onwennigheid met het kindje en de gebondenheid in een vreemd huis, had ze niet goed raad geweten met zichzelf. Een handenbindertje, ze wist nu wat dat betekende.

Samen met Hedy had ze er opgelucht om kunnen lachen. Die twee hadden het zich gezellig gemaakt en natuurlijk ook over mode en haar zitten rebbelen. Vandaar dat haarverven, want Hedy had als dank voor het oppassen Marijes haar een modieuze kleur en coupe gegeven en uitgelegd hoe ze het zelf kon doen, ook bij haar moeder.

Nu zat Lotte met een oud badlaken om zich heen aan de eetkamertafel en bracht Marije net zo keurig als de kapper had gedaan met een kwastje de verf aan. Lotte zag er niets van, alleen dat de kwast regelmatig ingedoopt werd in een toetjeskommetje op tafel.

Marije babbelde intussen honderduit over de baby. Wat ze at, welke kleertjes ze haar had aangetrokken, hoe ze kon giechelen en dat ze huilde als de telefoon ging. Dat ze 's nachts had liggen brullen en dat ze ook zomaar weer stil was geweest. Hoe schattig er dikke tranen op haar fluweelzachte perzikwangetjes bleven liggen.

Lotte knikte dan vol herkenning omdat ze er geen speld tussen kon krijgen, maar moest van Marije haar hoofd stil houden. Ze dronken thee toen de verf introk en namen allebei een klein stuk van de appeltaart die Lotte in de nieuwe springvorm had gebakken.

Die springvorm had ze niet bij de gewone huishoudelijke-artikelenzaak gekocht in het overdekte winkelcentrum, vertelde ze omslachtig terwijl ze de laatste kruimels op haar schoteltje bij elkaar schraapte. Ze had van hun achterbuurman een tip gekregen over een kookwinkel die meer professionele keukenspullen verkocht. Deze springvorm kon bijvoorbeeld niet roesten en het unieke sluitsysteem was betrouwbaarder – het was maar goed dat Marije geïnteresseerd was in koken en keukenspullen.

'Het is echt een fantastische winkel. Voor beroeps- en vrijetijdskoks. Het is überhaupt verstandiger om goed materiaal aan te schaffen,' zei Lotte met stelligheid.

Marije trok haar wenkbrauwen op en vroeg wie die achterbuurman was. Ze kende helemaal geen buren laat staan een achterbuurman. 'Ik heb je ook nooit over zo iemand gehoord.'

'Ach, we spraken elkaar toevallig in het nieuwe grand café in het overdekte winkelcentrum. Hij heet Banckert, woont daar...' Ze wuifde met haar hand die kant op. 'Ja, het is gek dat je hier je buren eigenlijk alleen van gezicht kent en van een groet in het voorbijgaan. Dat komt door de bomen en het vele groen.'

Marije wilde iets zeggen maar de kookwekker rinkelde, het moment was gekomen om te zien of de verf zijn werk gedaan had. Lotte had nog voor op haar tong liggen dat het idioot toevallig was dat ze opeens een paar maal achtereen deze achterbuurman tegenkwam, en dat ze hem had willen uitnodigen eens koffie te komen drinken, maar dat ze het niet gedaan had omdat ze het opeens gek vond. Dat ze daar een beetje mee zat want zo hield je het isolement in stand.

Het kwam er niet van, alle aandacht was voor haar haren, maar het zeurde intussen wel door in haar gedachten. Waarom had ze het in vredesnaam gek gevonden om te vragen? Zo bleu was ze niet. Het was toch niet omdat hij ook alleenstaand was? Klussenman Stef was dat ook en hem serveerde ze hele lunches met uitsmijters en als een klus uitliep at hij gewoon 's avonds mee. Sterker, toen hij onverwacht in het weekend 's avonds op de stoep stond om het wandrek, de consoles en spiegels in de twee massagecabines te bevestigen en de boel schoon te maken, hadden ze daarna nog met een glas wijn naar de herhaling van een voetbalwedstrijd op de tv gekeken. En dan zou ze het niet gepast vinden om een alleenstaande achterbuurman op de koffie te vragen? Kom nou!

Na het uitspoelen en haarwassen in de badkamer deed ze aan Marije verslag over het werk dat Stef in de praktijkruimte had gedaan. Dat het er weer als nieuw was. Dat het daar nog wel een beetje naar verf rook maar dat de huurders er desondanks weer terecht konden, en dat ook de gymnastiek weer ging beginnen, maar dat de ramen buiten hoognodig schoongemaakt moesten worden, het leek wel matglas.

In de slaapkamer. föhnde Marije de krullen van haar moeder in model. De kleur was prachtig gelukt. En wat glansde het! Lotte keek er tevreden naar en wilde Marije al een dikke zoen geven toen die op bedachtzame en constaterende toon zei dat ze mooi en gewillig haar had en zulke mooie volle wimpers. Dat ze het leuk vond dat haar moeder er goed uitzag, door haar ronde wangen en gevulde figuur veel leuker dan 'al die gestylede types'.

'Wat heerlijk!' riep Lotte uit en ze bekende dat ze zich wel eens oud voelde bij haar twee mooie jonge dochters. 'Bij jouw fijne roze huid en slanke figuurtje zie ik pas goed wat de jaren met een mens doen terwijl ik best weet dat het onzin is, dat elke leeftijd zijn charme kan hebben...'

Van de weeromstuit liet ze de rode laarzen en de riem zien. Marije vond ze enig. 'Zal ik ze aan de gymnastiekvrouwen showen? Ik wil wel weten wat zij ervan vinden. Ze zijn tenslotte van dezelfde leeftijd.'

Zelf kon ze rode laarzen niet ordinair vinden, maar ja, de twee nieuwe vrouwen leken nogal behoudend. Tineke niet! Die zou er enthousiast over zijn. Als docent creatieve vakken benadrukte ze juist de expressie van unieke individualiteit. Kinderboekenschrijfster Jikke zou om de laarzen in de lach schieten en over kabouters beginnen, maar ja, smaken verschillen nu eenmaal en ieder moet de zijne of hare volgen.

Dat zei ze allemaal toen ze de trap afliepen naar beneden, waar ze lui op de bank nog een poos doorbabbelden tot Marijes mobieltje ging. Lotte trok zich terug in de eetkeuken waar de uitroepen van vreugde haar toch weer nieuwsgierig om de eetbar heen de kamer in deden kijken.

Marije maakte eerst met haar vuist een triomfgebaar naar haar, en riep het uit zodra het kon. 'Mamma, met ingang van maart kan ik een jaar oppassen op dat boerderijtje, je weet wel buiten het oude dorp. En op de kippen en pony. Die mensen gaan inderdaad een jaar naar Japan!'

Lotte had nog even gedacht aan de gymvrouwen te vragen of het nu wel verstandig was om meer contact te zoeken met haar achterbuurman. 'Want stel dat hij een vervelende vent is, dan zit je er mooi mee dat je zo dicht bij elkaar woont,' hoorde ze zichzelf al zeggen.

Toen ze klaar waren met trainen, ging ze eerst haar rode laarzen van boven halen om te showen. En voor de slaapkamerkast zag ze er zomaar ineens van af om erover te beginnen. Ze verdacht Ard Banckert er toch helemaal niet van een vervelende vent te zijn? Integendeel zelfs. Dat was het nu net... Het was dus een voorwendsel om interessant te doen over hun ontmoetingen. En waarom wilde ze dat? Daar moest ze eerst maar eens achter komen.

In al die jaren hadden ze elkaar toch wel eens vaker gezien, daarom zeiden ze toch ook gedag? Waarom intrigeerde hij haar opeens? Omdat ze toevallig even samen aan de leestafel zaten?

Ze trok de kast open en pakte de laarzen. Het komt omdat een mens geneigd is er iets speciaals achter te zoeken als het toeval een paar keer toeslaat. Omdat je er niet zelf de hand in hebt, ga je een verklaring zoeken en praten over sturing van het lot en zo.

Er kwam nog iets bij. Ze vond hem een leuke vent, en dat bracht haar op het idee het ijzer te smeden omdat het heet was.

Dat betekent opbellen, dacht ze. Of aanbellen bij Beukenlaan 6.

Ze keurde het af als te direct.

Dan maar wachten tot een voorjaarsdag en dan een praatje zien te maken door een avondwandelingetje? Dat was wel veel spontaner...

Intussen stond ze alweer in het verbindingsgangetje van de bijkeuken naar de praktijkruimte. Ze trok er de laarzen aan, en toch weer uit omdat het belachelijk stond met de trainingslegging.

De vrouwen vonden ze leuk, vrolijk, speels en sexy, en wilden natuurlijk dat ze ze aantrok. Omdat het met die legging erbij toch al ordinair was, liep ze er heupwiegend en met haar neus in de wind op heen en weer. Ze weefde er zelfs met een verleidelijke glimlach een paar salsapasjes in, waardoor Karin over het Amerikaanse boekje begon en vroeg wat de anderen ervan vonden, van een jongere minnaar.

Lotte luisterde zittend op haar oefenmat lacherig naar hun meningen. Wat prees ze zich gelukkig dat ze al besloten had over haar achterbuurman te zwijgen, want door het sfeertje had ze zich misschien wel laten gaan. En wat kon dat beschamend worden, dacht ze even later toen ze zich bij het halen van de wijn en glazen in de keukendeur weerspiegeld zag in haar zwarte legging en zwarte T-shirt, op de rode laarzen, die middelbare vrouw met vetrolletjes.

En dat danst salsa en mijmert over een achterbuurman...

Vanuit de praktijk klonk bulderend gelach. Lotte grijnsde en draaide resoluut de kurkentrekker in de kurk. 'Geniet nu maar van avondjes als deze,' zei ze zacht voor zich heen. De kurk floepte eruit. Ze pakte glazen uit de kast en zette ze ondersteboven op het aanrecht. Toen schoot het door haar heen dat Ard Banckert bepaald niet de indruk maakte achter de vrouwen aan te zitten. Hij deed vriendelijk, maar afstandelijk. Had hij geen behoefte aan contacten? Of was hij verlegen? Vond hij haar niet interessant? Of had hij simpelweg voldoende contacten en een fijne vriendin ergens?

Waar dácht ze over!

Ze greep de stelen van de omgekeerde wijnglazen vast tussen haar vingers en kon nog net, leerde de ervaring, de wijnfles tussen duim en wijsvinger meepakken.

Eerst maar eens lekker lachen, dacht ze. Nadenken over een blauwtje lopen kan altijd nog.

Die nacht kon Lotte de slaap niet vatten. Bezorgd maakte ze zich er eerst niet over. De oorzaak was bekend. Te druk kletsen en te veel wijn. Ze lag zelfs af en toe te lachen. Omdat ze aangeschoten was? Nee, dat wuifde ze weg, het kwam door de humor, de zelfspot en de overdrijving die avond. Hoe herkenbaar was het weer voor iedereen.

Tineke die van haar vakantiebudget haar oogleden ging laten liften. 'Met twee blauwe ogen achter mijn nieuwe zonnebril thuis op de bank. Maar een maandje later vast energieker en jonger dan na drie weken Turkije!'

Wat anderen ervan vonden was hun zaak. Zij wilde er gewoon niet oud uitzien, want ze voelde zich jong. Elke dag weer die verfomfaaide vrouw in de spiegel die zij niet was, weg ermee.

Herkenning! Want alle zes kenden ze de schok als je jezelf onverwacht terugzag in een spiegel, of op foto's waarvan je niet wist dat ze geschoten waren. Ben jij dat echt, dat mens met die hangwangen en onderkin? Die met die damesboezem en pigmentvlekken? Die matrone zonder taille, of juist dat tanige type met die holle borst en dat gekreukte gezicht?

Wat hadden ze heerlijk zitten klagen. Karin dacht wel eens aan liposuctie want hoe ze ook oppaste met eten, op haar buik en heupen kwam steeds meer vet. Waardoor zij, Lotte, een pleidooi hield voor salsadansen. Wat dacht je met al dat draaien, keren en wenden van je heupen en bekken? Zelfs al zou het vet er niet door verdwijnen, je spiercontouren kwamen terug en je bleef wel lenig en soepel in je onderlijf.

Na het tweede glas wijn had ze een salsa-cd'tje uit de kamer gehaald en waren ze gaan dansen. Normaal gesproken was ze geen aanstellerige aandachttrekker maar nu had ze zich laten gaan. Maar vooruit, voor een keertje, geen gezeur en geen spijt. Ook niet over het derde wijntje en de brokken kaas, hoewel de gedachte daaraan een beetje misselijk maakte.

Ze probeerde aan andere dingen te denken. Maar het leek wel of er geen gezellige gedachten meer over waren. Of nu de minpunten aan de beurt waren. De zorgen zelfs.

Zou Marije het wel rooien met die pony? Zo'n dier kon zomaar bijten of trappen. En dan lag Marije voor Pampus met een bebloed gezicht en kapotte tanden op zo'n boerenerf met prut en tetanusbacteriën. Haar kind! En je zult zien dat ze precies dan haar mobiel niet bij zich heeft! 'Steeds je mobieltje op zak, hoor!' moest ze morgen tegen Marije zeggen. En ook dat ze haar moeder dag en nacht om hulp kon bellen.

Als zo'n gezichtje dan maar weer herstelde. Dat fijne snoetje met die perzikhuid en die lieve grijze ogen onder voorbeeldige wimpers en wenkbrauwen. Niet dat het dan maar liever Bonne overkwam, ook al had die de wat stoerdere trekken van Pauls familie. Nee, natuurlijk niet, lieve hemel, hou op. En dan wensten zij, ouwe wijven, zich een frisse oogopslag en een mooi figuur, terwijl zo'n meid, wellicht voor altijd verminkt, haar hele leven nog voor zich had.

Ze vermande zich en ging naar de badkamer om water te drinken.

Weer in bed dacht ze met man en macht aan het gezellige nieuwtje, dat Marije had verklapt, dat Bonne en Jens dit keer hun beider verjaardagen in de eerste week van maart niet in Nederland kwamen vieren, maar hun families uitnodigden in Orlando. Enig toch? Een heerlijk ding om aan te denken! De tickets regelden de kinderen, er werd van iedereen een financiële bijdrage gevraagd in plaats van een cadeautje.

Alleen zo sneu dat Marije dan nét in het boerderijtje trok en niet meekon. En dat om een pony en kippen, het arme kind had ook al een verbroken relatie. Maar als hun vliegtuig verongelukte was het weer een geluk voor haar. O god nee, dan bleef ze alleen over! Weliswaar nog met een vader... o nee... Paul werd natuurlijk ook door Bonne uitgenodigd. Ook hij zou om het leven komen.

Eigenlijk was het absoluut onverantwoord om complete families de lucht in te sturen... Dat moest ze Bonne mailen, hoe groot de teleurstelling ook zou zijn. Het zweet brak haar uit bij de gedachte. Haar hart bonsde. Met opengesperde ogen keek ze de donkere slaapkamer in.

Wat ruisten de buizen van de verwarming onheilspellend! Had Stef de radiatoren in de praktijkruimte wel goed aangesloten? Straks was er een blokkade en sprongen alle buizen uit elkaar. Spoot het hete water aan alle kanten in het rond. Wég vloerbedekking. Wég boeken in de kast. Wég haar bloedeigen landschapsfoto's in de woonkamer. Wég tv en geluidsinstallatie.

En de verzekering, hoe zat het daar eigenlijk mee? Waarom liet ze dit soort belangrijke zaken aan een ongeschoolde goedwillende vriend over die het geld nodig had om de alimentatie aan zijn ex te kunnen betalen? Die afhankelijk was van klussen als bij haar, terwijl ze het ook zo breed niet had. Hoe kon ze in godsnaam alles weer behoorlijk vervangen? En zou de stroom dan ook uitvallen en de vriezer ontdooien waarin...

Badend in het zweet gooide ze het dekbed van zich af. Ze knipte het bedlampje aan. Het was drie uur zeventien. Met het tweede hoofdkussen in haar rug geproopt keek ze rond. De aanblik van haar zo vertrouwde kamer maakte rustiger. Ze suste zichzelf. Marije sliep veilig in het hotel na haar late avonddienst. En Bonne en Jens wérkten nota bene in de lucht. Het was veiliger om te vliegen dan om auto te rijden. En zij zouden dan toevallig als familie neerstorten? Bespottelijke nachtelijke hersenspinsels. Nuchter worden.

Ze ging naar beneden en warmde melk. Intussen spoelde ze de wijnglazen af, borg ze de kaas op in de koelkast en zette ze de lege flessen in de krat in de bijkeuken. Aan de keukentafel dronk ze met haar handen om de beker melk geslagen, met kleine teugjes. Dat was háár aanpak van slapeloosheid. Karin loste dan een kruiswoordpuzzel op bij een glas kamillethee. Jikke bedacht verhaaltjes over koolmeesjes, haar lievelingsvogels, die in een koude winternacht tussen klimopbladeren een warm holletje maakten waar ze elkaar warm hielden en om beurten slaapliedjes floten. Een van de twee nieuwe dames van de gymclub schreef in slapeloze nachten brieven die ze niet verstuurde aan mensen met wie ze een appeltje te schillen had. De andere vrouw werkte het strijkgoed weg. Tineke had de mooiste methode, vonden ze unaniem. Want Tineke zette in de woonkamer een lieflijk muziekje op, ging lekker liggen luisteren en concentreerde zich op fijne romantische herinneringen.

Fijne romantische herinneringen... Lotte zag zichzelf meteen terug in Wenen. Het was een verregende vakantie. Ze kampeerden verderop aan de Donau. Paul ging met de meisjes naar een beroemd pretpark. Zijzelf wilde liever een museum bezoeken. Met een boemeltje reed ze naar de stad. Door een winkelstraat met schitterende etalages wandelde ze naar het museum van haar keuze. Kunsthandels waren er in die straat vol elegant geklede dames en heren. Ouderwetse deftige boekwinkels die naar boenwas roken. Schitterende modehuizen en een hoedenzaak waar ze eerst voor de etalage had staan watertanden en uiteindelijk naar binnen ging.

De verkoopster had haar de ene hoed na de andere laten passen. Net als nu de rode laarzen bij de legging, waren de hoeden idioot geweest bij een spijkerbroek en zomerjack. Ze had een roomkleurige zomermantel van een van de verkoopsters omgeslagen gekregen. Wat had ze zich op en top vrouw gevoeld! Zij, die jarenlang echtgenote en vooral mama was, voelde zich bijzonder, mooi en sexy.

Natuurlijk zou ze niets kopen. Maar mooi dat ze met een straatjongensachtige pet op haar hoofd de deur uit liep. Haar jackje halfopen geritst, de mouwen driekwart opgetrokken, de pijpen van haar spijkerbroek omgeslagen en de vrolijke kousjes opgerold tot in de gympen. Zo licht als een veertje ging het, en zo snel alsof ze vleugels had.

Toen ze een koffiehuis binnenstapte en zoekend naar een vrij tafeltje rondliep, zag ze een jonge vent ergens achter in de zaak bewonderend kijken. Ze keek terug, maar wendde meteen haar blik af omdat ze zag dat het hem menens was, en ook omdat hij mooi was met lange sluike haren om een gebruind gezicht.

In een reflex keerde ze langs de andere kant van de zaak terug naar de draaideur. Met hem zou het fout gaan. Dat was de bedoeling niet. Maar wat zwaar ging die deur, wat zwaar, of wat weinig kracht had ze. Toen had ze een hand op haar schouder gevoeld en geweten dat hij het was, wat bevestigd werd door melodieus gesproken Duitse woorden die ze ook zonder ernaar te luisteren dondersgoed begreep. Opeens had ze een overgelukkige glimlach niet kunnen tegenhouden. Wat er met Paul niet was, gebeurde hier. Een man was door haar getroffen.

'Drink koffie met mij. We hebben elkaar veel te vertellen. Ik wil niet dat je weer weggaat. Waarom heb ik je niet eerder gezien? We hadden al zo lang gelukkig kunnen zijn.'

Ze hadden een eeuw gestaan daar bij die draaideur. Liefde op het eerste gezicht, kon dat? Je kon toch niet weten wat er zich onder een straatjongensachtig petje of achter een zongebruind jongemannengezicht afspeelde?

'Mijn man en dochtertjes wachten,' had ze opeens vol overtuiging gezegd. Gek genoeg liep de draaideur toen zo licht als een veertje.

Maar stel dat ik niet was weggegaan, dacht ze nu aan de keukentafel.

Dan had je een groot probleem gehad, antwoordde ze inwendig. Maar nu is het andere koek, nu zou het kunnen, maar nu overkomt dat me nooit, nooit meer. Ook al zet ik het rode hoedje op, ook al draag ik mijn rode laarzen, ook al rijg ik de nieuwe rode riem door de lusjes van mijn meest sexy jeans. De tijd voor liefde op het eerste gezicht is voorbij want de sturende kracht van hormonen is verloren gegaan. Stiekem mannen lokken met geheime primitieve wapens is voorbij. Voorgoed.

'En daarom lukt het ook nooit om zonder forse bijbetaling in florijnen een jonge minnaar te krijgen,' zei ze hardop. En daarom komen nieuwe relaties op deze leeftijd voort uit sympathie en verstandelijke argumenten, dacht ze verder. Dat je alsnog verliefd wordt, komt natuurlijk omdat je hart verwarmd wordt en je de ander daarvoor dankbaar bent. Romantiek blijft mooi, maar je kunt het niet aan de goden overlaten. Je moet er wat voor doen.

Er ging haar een lichtje op.

7

De hond Ploeter wist wel hoe het moest, sympathie opwekken. Gewoon door vragend te kijken van onder zijn woeste krullen en bescheiden te kwispelen. Geen mens die dat weerstond. Geen centje kwaad zat er bij hem, wél voor een miljoen aan vrolijkheid.

Er was één maar. Hij wilde of in zijn kennel zijn, of bij iemand uit zijn roedel. Zo niet, dan jankte hij zo formidabel dat het buiten de stadsgrenzen te horen moest zijn. Dus samen met Maarten, Laurens of Michiel was alles goed. Net als in de kennel die ze in het stadsachtertuintje getimmerd hadden. Ploeter had zich namelijk in zijn jeugd in een schaverrottige kippenren zonder kippen maar met nachthok, uitermate plezant gevoeld.

Dat waren de feiten. Kwamen de jongens, dan kwam Ploeter. De malloot. En mooi zat Ard daardoor op deze vrijdagnamiddag een kennel te schetsen voor in zijn tuin.

Links het hok met een geïsoleerde opgehoogde houten vloer waarop stro moest. Rechts een uitloop waarin de poten gestrekt konden worden. In het hok een verhoging voor water- en voerbak. Een loopplankje de ren in. Onzin, dat beest sprong natuurlijk naar buiten of naar binnen, maar het was leuk om te maken én om te zien.

Een pannendak erop? Dat stond aardiger in de tuin dan spul als mastiek of asfaltpapier.

Hij schatte de materiaalkosten naar een theoretische lengte, breedte en hoogte van de ren.

Maten die hij net voor de aardigheid ging uitstappen op de betreffende plek in de tuin toen de deurbel ging. Het was Peter, die in de buurt was, Ards auto zag staan, trek had in een beste bak espresso en hem wilde polsen over een tripje begin maart naar Ierland. Hij had zin er even tussenuit te knijpen en de vrienden daar hadden al vaker gemaild wanneer ze weer eens kwamen.

'Het blijft een leuke kans om met die kerels mee de zee op te gaan.

We vliegen op Dublin en zijn daar een half uurtje met de auto van die havenplaats vandaan.'

'En je meisje dan?'

'Die zoekt de zon op. Dat doet ze sinds jaar en dag in maart, met een vriendin.'

Ze bespraken de mogelijkheden tijdens de espresso en zochten op internet mogelijke vertrektijden. Ze praatten over het werk. Peter wees op de schets op tafel. 'En dit?'

'Een hondenkennel. De jongens hebben tegenwoordig een hond. Een soort schapendoes, met iets van een bouvier of een labrador, daar is niet meer achter te komen. Ploeter heet hij, naar zijn manier van voortbewegen. Dat lijkt meer op wadlopen. Plons, plons, met die grove poten. Een malloot is het met een foutje in de genen.'

'En hij moet bij jou logeren als ze op vakantie gaan?'

Ard grijnsde. 'Mag. Maar wil ik mijn hulp in de huishouding niet kwijtraken dan zal ik iets moeten verzinnen op die hondenharen… Ik ging net de maten uitstappen toen je belde.'

'Kom op dan.'

'Knap stel laarzen,' merkte Peter op toen Ard ze in de bijkeuken aantrok. 'Gevoerd?'

Ard liet hem de voering voelen. 'Van holle vezels, die vocht naar buiten laten gaan maar niet binnenlaten. Ook het materiaal van de laars ademt. Gigantische verbetering ten opzichte van de rubber-laarzen van vroeger. Ik moest ook maar zo'n *hightech* jack kopen. Komt straks mooi van pas op zee.'

Ze stapten de tuin in. De grond sopte onder hun voeten. Er bloeiden nog winterakonieten en sneeuwklokjes, terwijl de narcissen al dik in knop stonden. Een groep mussen stoof bij de buren vandaan weg tussen de populieren verderop.

'Wat is het toch een lekkere tuin,' vond Peter. 'Hartstikke ruim.'

'En veel privacy,' voegde Ard eraan toe. 'Je ziet of hoort absoluut niets van de buren.'

Hij had het nog niet gezegd of er klonk het geluid van een aluminium huishoudtrap die ingeklapt en verplaatst werd. Ze grinnikten.

'Moet je zien als de bladeren weer aan de bomen zijn,' zei Ard. Hij wees naar links. 'Die strook daar, met die populieren, verbindt de Beukenlaan met de Berkenlaan. Elk blokje van twee huizen wordt op die manier gescheiden. In de zomer lijkt het of je in het bos woont.'

Weer klonk het geluid van de huishoudtrap. Onwillekeurig krabbelde Ard achter zijn oor. 'Geen idee heb je daardoor wie er nu eigenlijk in dit buurtje wonen,' zei hij.

Peter liep naar de groenstrook. 'Als je niet uit je doppen kijkt, bedoel je,' zei hij over zijn schouder. 'Daar worden de ramen gelapt. Hé, dat huis heeft een aanbouw.'

'Ja, een praktijkruimte. Dat is inderdaad mijn achterbuurvrouw.'

Hij zag haar met de huishoudtrap onder haar arm en een emmer in haar hand om de hoek verdwijnen en grinnikte. 'Oké, ik ken in elk geval één buurvrouw. Nou, kennen...'

Peter stond inmiddels het huis te bestuderen en begon over de dakkapel en de noodzaak van buitenschilderwerk. Ze stapten met één meter lange passen de kennel uit en gaven met hun hand de dakhoogte van zowel het hok als de uitloop.

'Ik maak ook een dak boven die uitloop,' zei Ard. 'Dan heeft dat beest geen last van de regen of de te hete zon.'

'Mastiek?'

'Pannen.'

Peter knikte. 'Riet zie je ook wel eens.'

Ard dacht na. 'Maar pannen leggen kan ik, rietdekken niet.'

'Al met al een leuke klus,' vond Peter. 'Is er hier een bouwmarkt? Ik heb toevallig nog de aanhanger achter de auto hangen, we kunnen de spullen meteen wel even halen.'

Ard gaf hem een klop op zijn schouders. 'Kijk, daar hebben we wat aan.'

De ramen waren als matglas geweest maar nu weer kraakhelder. Lotte bekeek ze tevreden. Wat een nuttige besteding van de oude damesdag – zo noemden Karin en zij de vrije vrijdagmiddag die ze om de beurt hadden door de zogenaamde leeftijdsgerelateerde werktijdverkorting.

De huurders van de praktijkruimte hadden niets te klagen nu het er geschilderd was, de vloer een extra beurt had gehad en de ramen zowel binnen als buiten blonken. Ze kon haar huis met een gerust hart achterlaten.

'Je zou er toch nog een werkster bij zoeken?' vroeg Marije die na haar vroege dienst binnen kwam lopen. 'Wanneer doe je daar wat aan? Het is echt te veel om allemaal naast je werk te doen.'

Lotte knikte. 'Het staat op mijn prioriteitenlijst. Maar behalve dat, het valt niet mee om hulp te vinden. Bijna iedereen heeft een baan en dus thuis hulp nodig.'

'Hang een advertentie op in de supermarkt.'

'Dat ik daar niet opgekomen ben! Maar pas als ik terugben van Bonne. Iets anders, toen ik aan het ramenlappen was, bedacht ik dat we er goed aan doen om dit weekend alvast alle spullen die je wilt meenemen naar het boerderijtje in de garage te zetten. De auto kan best buiten. Vorst of sneeuw komt er toch niet meer.'

'Yes! Maar ik wil morgenochtend eerst de stad in voor een jack. Op zo'n boerenerf begin ik niets met mijn stadsjassen. En een jack kan gewassen worden.'

'Dan krijg je de helft van mij. Ze zijn duur, joh. Je moet toch al van alles kopen en anders had ik voor jou de tegemoetkoming in de kosten van de vliegreis betaald.'

Want de financiën had Marije genoemd als voordeel van het spijtige feit dat ze niet mee kon naar Orlando. Zo gigantisch veel verdiende ze als receptioniste nu ook weer niet.

'Wat lief van je! Laten we dan morgenochtend samen gaan winkelen.'

'Graag! Gezellig.'

Lotte adviseerde de buitensportafdeling van de winkel waar ze haar laarzen had gekocht.

'Je trekt ze morgen natuurlijk wel aan, hè,' vroeg Marije.

'Vanzelfsprekend,' zei Lotte stoer. Nu ze de laarzen op haar werk had gedragen, durfde ze, want iedereen vond ze prachtig.

Zo kwam het dat de volgende morgen Lotte en Marije zo'n kleine drie kwartier later dan Ard Banckert naar de stad reden, net als hij parkeerden op het slooperreintje achter de winkelstraat en net als hij via de achteringang de buitensportwinkel binnengingen. Net toen hij een marineblauw jack met een los *fleece* binnenjack afrekende, stonden Lotte en Marije te neuzen tussen de vrouwenjacks.

Ard herkende Lotte doordat zijn oog viel op haar rode laarzen.

'Hé hallo,' groette hij in het voorbijgaan.

'Hé hallo!' riep ze verrast uit. 'Dat is toch ook weer toevallig.'

Hij hield halt. 'Zeg dat.'

'Mijn dochter zoekt een jack uit.' Ze knikte met haar hoofd naar Marije.

'Marije, dit hier is onze achterbuurman. Nou ja, schuinachterbuurman.'

'Aha,' zei Marije.

Alledrie staken ze in een groet hun hand op terwijl ze tot ziens riepen. Lotte keek hem na. 'Die paarse sjaal staat zo mooi bij zijn zilvergrijze haar, vind ik,' zei ze. 'Toch stug dat we elkaar steeds tegenkomen.' Ze deed maar of ze niet merkte dat Marije haar met opgetrokken wenkbrauwen aankeek.

Weer thuis overzagen moeder en dochter op de zolder de spullen die naar de garage moesten. 'Als wij ook een dakkapel hadden, was er helemaal een zee van ruimte in dit huis,' stelde Marije vast. Nu moesten ze goed opletten dat ze hun hoofden niet tegen de hanenbalken stootten.

'Het zou er dan ook enorm licht zijn.' Er waren maar twee kleine dakramen om licht door te laten en licht was er niet veel op deze grijze, stille februaridag.

Marije duwde een van de dakramen open en trok het meteen weer dicht toen er een elektrische zaag of iets dergelijks snerpte.

'Zo'n lawaai hoor je hier niet vaak,' stelde Lotte vast. 'Maar ja, zaterdag, klussendag.'

Marije keek naar de tweezitsbank, de tv en de wasmachine. 'Die moeten blijven staan.'

'Ja, natuurlijk. Maar hopelijk niet voor lang omdat je dan een nieuwe liefde hebt.'

'Ik moet er niet aan denken, voorlopig blijf ik *happy single*. Doe mij maar eerst een huis…'

'Tot je de ware tegenkomt…'

'Dat moet jij nodig zeggen.'

Lotte trok een veelzeggende grijns als antwoord. 'Als de spullen straks beneden zijn, zet ik thee,' zei ze. 'Met kersenbonbons, gister-ochtend gekocht toen ik uit kantoor kwam.'

Ze liepen steeds weer de trap op en af met verhuisdozen, opberg-boxen, tassen en koffers. Toen Marije voor de laatste doos naar bo-ven liep, zette Lotte theewater op. Ze legde de kersenbonbons op een schaaltje en hoorde Marije stommelen. Nog een kleine week, dan vloog Marije voor de tweede keer uit, en zijzelf over de oceaan naar haar andere dochter.

Ze dacht aan het jack dat ze kochten voor Bonnes verjaardag toen ze er eenmaal eentje te pakken hadden voor Marije. Een verjaardags-cadeau, dat kon ze toch niet laten. Voor Jens hadden ze een Zwitsers zakmes uitgezocht. Volgens de verkoper een cadeau dat geen man weerstond, al had hij al drie van die dingen.

'Niet in de handbagage doen,' mompelde ze.

Ze keek wat uit het raam. Wat is het idioot dat ik nu weer Ard Banckert tegen het lijf liep, dacht ze. Trouwens, we zagen elkaar met kerst ook. In die boekwinkel waar ik voor Bonne de kalender kocht, en het dagboek voor Marije. Wie weet hoe vaak we langs elkaar heen liepen zonder het te merken. Hoewel, in de boekwinkel stond ik met Jikke te praten en toch viel hij me op. Komt dat door zijn sjaal? Die kleur paars zie je niet zo vaak, dus…

Er landde een koolmees in de vensterbank. Hij pikte naar on-zichtbare dingetjes en vloog opeens weer weg.

Zó gek is het ook weer niet dat we elkaar tegenkwamen, dacht Lotte. Iedereen hier gaat naar de stad voor de supermarkt of de spe-ciale boodschappen. En als je werkt is dat in het algemeen op vrij-dagmiddag of zaterdag. Zie je hoe relatief de rol van het toeval is?

Ze staarde uit het raam, maar zag in plaats van de grijze hemel een grote, stevige vent met zilvergrijs haar en een paarse sjaal.

Hij is vast een noordeling, dacht ze.

Opeens herinnerde ze zich wat ze heel kort geleden glashelder wist. 'Dat je er wat voor moet doen,' fluisterde ze voor zich heen.

73

Zou ze, als ze eenmaal terug was uit Florida, eens bij hem aanlopen?

Het water kookte. Ze schonk op en hoorde opeens weer die elektrische zaag of wat het dan ook was. Zou er iemand een serre bouwen? Bij het ramenlappen waren er ook geluiden geweest. Of nee, het was later op die middag, toen ze de huishoudhandschoenen ophaalde die ze met de raamwisser buiten had laten liggen. Alsof er bouwmateriaal werd gelost.

Bouwmateriaal?

Ja, vast voor een serre. Serres waren nogal in de mode. Karin overwoog ook om er een te laten aanbouwen omdat hun woonkamer aan de kleine kant was. Het ging wel van de tuin af. Zou nu iemand in de buurt met een grote tuin een serre aan het bouwen zijn?

Lotte onderdrukte haar nieuwsgierigheid niet. Ze stapte door de terrasdeur naar buiten en speurde in de richting van het geluid, dat prompt ophield.

'Ben je weer katten aan het verjagen?'

Het was Marije die dat vanuit de deuropening zei. De toon waarop sprak boekdelen, ze ergerde zich wild aan haar moeders kattenhaat.

'Nee, hoor. Maar ik heb het idee dat er ergens een serre wordt aangebouwd…' zei Lotte terug. Daar maakte ze het niet veel beter mee. 'Zég, nieuwsgierige theetante!'

Marije hád gelijk. Vreselijk gelijk. Boos op zichzelf trok Lotte de keukendeur hard achter zich dicht. Te hard, waardoor ze nog een keer sorry moest zeggen omdat de eerste keer overstemd was.

Ook Ard hield pauze. Eerst bekeek hij nog de uitstalling op de grond. In de garage had hij alles op maat gezaagd, nu lag het klaar om in elkaar gezet te worden. Het hout was voorbewerkt, schilderen hoefde pas in het voorjaar. Dat kwam mooi uit, zoveel vrije uren scheidden dit weekend nu ook weer niet van het vertrek naar Ierland en hij had nog meer te doen.

'Nou niet dramatisch doen,' mompelde hij voor zich heen, 'het is gewoon een leuke klus.'

Hij hield van timmeren. Van de geur van het hout en van de snelheid waarmee een spijker er onder zijn hamerslagen in verdween. Van het ontstaan van een solide, strak en leuk ogend bouwwerkje.

Groen ging hij het te zijner tijd schilderen. Groen stond mooi bij het rode pannendak en viel tegelijk weg tegen het gebladerte. De jongens zouden ervan opkijken. Een villa voor Ploeter! Als ze er nu alsjeblieft maar geen naambordje op wilden…

Hij drentelde door de tuin en beoordeelde door Peters opmerking de staat van onderhoud van de achtergevel. Het was niet hard nodig maar wel verstandig om komende zomer wat te gaan klussen. Bij een las leek de dakgoot in te wateren. De kozijnen konden alvast een lik verf krijgen. Hij zou het bij de jongens aankaarten. Wie een extraatje wilde verdienen was welkom. Ook overigens om de tuin anders in te richten. Met de kennel achterin, was het aardig er een straatje naartoe aan te leggen. En dan gelijk het terras te verbreden zodat de tuintafel niet half in het gras stond zoals nu.

Door de daarvoor benodigde aanhanger vol tegels en straatstenen, dacht hij aan Peter en het vooruitzicht op een paar ruige dagen op zee. Peter was stukken opgewekter sinds zijn nieuwe liefde. En dat via internet.

'Weet je wat het is, Ard, jij en ik zijn geen versierders. We stappen niet zo gemakkelijk op een leuke vrouw af. Dat is punt één. Punt twee is dat te veel leuke vrouwen een partner hebben. Je ziet het niet aan de buitenkant. Maar ze gaan wel in hun eentje op stap. Weer verspilde moeite. Niemand draagt een button met "vrij" erop.'

'Argumenten waar niets tegenin te brengen is, Peter. Maar ik zoek geen vrouw.'

Peter snoof. 'En toch laat ik je even zien hoe die site werkt. Heb je er een biertje bij?'

Honderden vrouwen bleken er in de aanbieding. 'Wat een ellende, man. Ik word er al moe van als ik het zie…'

'Jij wilt zeker dat ze bij je aanbelt om je wereldberoemde espresso te proeven.'

Ard grijnsde er ook nu weer om. En trek dat hij meteen kreeg in zo'n inderdaad niet te evenaren espresso van zichzelf! Hij wierp nog een laatste blik op het materiaal en hoorde stemmen, links verderop. Onwillekeurig luisterde hij, tot er een deur dichtklapte en het weer stil was.

8

Na een heerlijke week in zonnig en warm Orlando, en na een absoluut probleemloze heen- en terugvlucht met de familie van Jens, stond Lotte weer veilig met beide voeten op Nederlandse bodem. Dat wil zeggen, op het rollend trottoir naar de afdeling waar de bagage moest arriveren en waar ze afscheid zou nemen van de familie.

Ze keek spiedend om zich heen. Ze had met opzet andere passagiers voor laten gaan, zodat de familie van Jens een heel eind verderop op de rolband stond. Maar nee, het zou te gek zijn als ze Ard wéér tegen het lijf zou lopen.

Het was ongelooflijk wat bij het vertrek een week eerder gebeurde. Toen liepen ze in de mierenhoop van de vertrekhal zomaar ineens op elkaar af! Hij kwam vanaf de ingang van de parkeerterreinen, zij liep naar de balies omdat ze door Marije met de auto voor de deur was afgezet.

Hoe onvoorstelbaar het ook was – wat deden ze daar op Schiphol – ze herkenden elkaar onmiddellijk. Grote man met grijs haar en paarse sjaal. Brunette in zwierige regenjas.

Bij Lotte moest het onbewuste aan het registreren zijn geslagen want zij liep, omdat Marije er niet meer bij was, net een paar seconden dolblij te zijn dat Paul op het laatste moment de reis moest annuleren wegens gescheurde enkelbanden.

Ook Ard had onmiddellijk gezien dat zij het was die daar tussen al die andere mensen zijn kant op kwam wandelen. 'Hé hallo,' riep hij meteen. 'Hé hallo,' riep ze stomverbaasd terug.

Daarna leek het wel een filmscène.

'Ik ga naar Orlando, Florida, mijn oudste dochter woont daar.'

'Ik naar Dublin, vissen op zee,'

'Mijn vlucht gaat pas om twee uur. Maar de familie van mijn schoonzoon vond het raadzaam om drie uur van te voren aanwezig te zijn. Het schijnt erg lang te duren bij de douane.'

'Ik ben ook aan de vroege kant. We vliegen pas om één uur, maar mijn reisgenoot loopt hier al ergens rond, vandaar. Hij zwaaide zijn vriendin uit die intussen al naar de zon is vertrokken. We gaan onze slag slaan in de taxfree shops. Camera's. Mobieltjes. Navigatiesystemen.'

En vervolgens gingen ze elk hun eigen weg! Waarbij zij nog over haar schouder riep dat ze wel eens zou komen aanlopen. En hij, ook over zijn schouder, dat dat prima was.

Alsof ze haast hadden, terwijl ze nog uren moesten wachten!

En het gekke is, dacht Lotte nu ze ontwaakte uit de herinnering, dat we elkaar niet meer hebben gezien. Niet bij de taxfree shops. Niet in de restaurants. Niet bij het heen en weer drentelen. Zelfs niet toen ik bij de familie van Jens zat en toch goed rondkeek.

Het einde van de rolband was in zicht. Ze pakte haar handbagage alvast op terwijl ze de omgeving in de gaten hield. Waar de band eindigde was het niet druk, verderop wel. Kalm rondkijkend wandelde ze naar de betreffende bagageafgifte. Ook daar keek ze tegen beter weten in zorgvuldig naar alle mensen. Maar geen glimpje achterbuurman. Wel ontdekte ze achter de ruiten de pashmina van Marije.

'Is alles goed met je?' vroeg ze vanaf haar kant van de scheidingswand stemloos aan haar dochter. 'Geen trap van die pony gehad?'

Die trok het gezicht van 'ik snap er niets van' en deed vervolgens lachend met haar handen alsof ze een auto bestuurde en schakelde. Lotte lachte vrolijk, het was toch ook de bedoeling dat ze in haar afwezigheid veel met de auto op stap ging? Dat had ze kennelijk met overgave gedaan.

Ze slaakte een zucht omdat het fijn was weer thuis te zijn en omdat het er kennelijk oké was. En straks kon ze alles, echt alles over Bonne, Jens en Orlando vertellen. Met de beeldjes op de digitale camera erbij ter demonstratie, de camera die ze voor het vertrek door het rondhangen in de shops had gekocht. Zij die gezworen had haar verouderde spiegelreflexcamera nooit in de steek te laten, maar al jaren geen opname meer maakte omdat op de een of andere manier de lol eraf was, zij dus was ervoor gezwicht door haar zogenaamde grote belangstelling voor de nieuwste digitale snufjes op fotogebied. Terwijl ze bijvoorbeeld geen idee had hoe ze de beelden moest laden in de computer op kantoor. Maar daarvoor, wist ze al, ging ze binnenkort haar achterbuurman eens om raad vragen.

Toen ze in het vliegtuig wachtten tot er opgestegen kon worden, had Ard het toch even kwijt gemoeten tegen Peter. 'Merkwaardig, hoogst merkwaardig, Peter. Kwam ik me daar vanmorgen in de vertrekhal toch mijn achterbuurvrouw tegen... dat je allebei op dezelfde dag vliegt... omstreeks dezelfde tijd naar Schiphol bent gereden... elkaar zomaar tegemoet loopt, wat niet eens in je eigen straat gebeurt...'

'Goh, ja, soms zijn er de gekste toevalligheden,' luidde Peters reactie. Waarna ze even zwegen. Wat moest je verder ook met zoiets. Hoogstens kon je zelf ook over zo'n toevalligheid vertellen. Wat Peter dan ook deed.

'Misschien zie je je buurvrouw weer,' zei hij nu ze weer op Schiphol waren. Ze hadden een paar schitterende, maar absoluut avontuurloze dagen gehad op een spiegelgladde zee in een mild zonnetje.

Ard grinnikte. Toch keek hij goed om zich heen naar een brunette met een openhangende lange regenjas. Je kunt niet weten.

Op dat zinnetje betrapte hij zich.

En op het melodietje dat constant door zijn hoofd speelde en dat hij beslist gefloten had als het niet zo hinderlijk voor een reisgenoot was geweest.

Opeens floot hij het toch.

'Ha!' riep Peter aan zijn zijde uit. 'Juist ja, zo ging dat nummertje dat je steeds in de kroeg speelde.' Hij probeerde het mee te neuriën, maar raakte meteen al van de wijs. Ze grinnikten.

'Het was me het afscheidsavondje wel,' zei Ard. 'Hé, we maken er ook iets bijzonders van als onze vrienden volgend jaar hier zijn. Alleen moet ik dan wel een boogiewoogie kunnen spelen anders kost het me vier flessen whisky...'

Peter sloeg hem op zijn schouder. 'Je pianojuf kan in je elk geval niet verwijten dat je geen huiswerk hebt gedaan. Hé, waar gaan wij straks iets doen aan onze rammelende magen?'

Aan je buurman vragen hoe je een digitale camera met een computer moet verbinden, zou net zo'n stomme smoes zijn als het vragen om een kopje suiker. Dat was Lotte in een klap duidelijk. Een toevallig langslopende jongen van de automatiseringsafdeling op kantoor demonstreerde hoe het moest. Fluitje van een cent. De foto's stonden een fractie later al op het scherm. Het was een kwestie van aanklikken en de voorstelling kon beginnen.

Karin en de assistentes keken met Lotte mee. Ze bewonderden het houten *granny house* dat Bonne en Jens huurden achter in de tuin van een kolossale bungalow. De bloemenpracht en heesters eromheen. Het zwembad erachter. De inrichting, de badkamer en het uitzicht vanaf de kleine waranda. Echt Florida, vond iedereen.

'Het zijn maar kiekjes,' verontschuldigde Lotte zich. 'Leuk als herinnering. Maar fotograferen is het niet. Vroeger, toen ik…'

Ze voelde dat dáár geen belangstelling voor was. Terwijl indertijd haar zwart-witlandschapsfoto's tentoongesteld waren in de kantine! Ze moest ze weer eens bekijken. Misschien inspireerde het tot op stap gaan met de nieuwe camera. Die moest méér kunnen dan verjaardagsfeestjes vastleggen. 'Ach, ik heb dit ding voor vertrek gekocht op Schiphol. Taxfree en dan was het ook nog een speciale aanbieding. Dat scheelt veel geld! Tja, voor als je met je tijd mee wilt gaan is het dan nu of nooit.'

Het klonk heel waarachtig.

Ze sloot het fotoprogramma af. Het was de hoogste tijd de consumentenwebsite bij te werken, eigenlijk had dat al voor haar vakantieweek gemoeten. Actualiteit erop is enorm belangrijk willen bezoekers steeds terugkeren. Nieuwe aanbiedingen en recepten moesten erop. Alvast wat inspelen op de zomer met een lijndieetje. Een prijsvraag en misschien passende berichtjes uit de media.

'Wil je me even bijpraten over de afgelopen week?' vroeg ze aan haar assistente.

Wég was Orlando. Wég het gevoel van zonnewarmte op haar huid. Wég de luxe van een week nietsdoen en je een echte wereldbewoner voelen.

Maar wat niet weg was, was het grappige achtergrondgevoel van tevredenheid, van dat alles wel goed zou komen. Daarop had ze zich betrapt toen ze op Schiphol wachtte bij het afrekenen van de camera. Niet omdat het bedrag van de camera zo enorm meeviel, welnee, daar had het niets mee te maken. Het kwam ook niet voort uit de wetenschap dat de boel op kantoor onder controle was en dat het huis en de praktijkruimte pico bello waren. Dat alles lag al mijlenver weg. Het had ermee te maken dat het nu opeens heel logisch en normaal was dat zij na thuiskomst contact met Ard zou maken. Dat het heel gewoon was om bij hem aan te lopen. En dat voelde prettig.

Tijdens de vlucht had ze zich erin gekoesterd, onder de warme zon had het haar niet meer verlaten en ook nu voelde ze zich er lekker door in haar vel. Het was alsof haar veilige leefwereld ruimer was. Alsof ze meer armslag kreeg bij diverse zaken. Allerlei probleempjes zouden zich oplossen. Er zou zich een goede werkster aanbieden. Marije kreeg een appartementje toegewezen en zou met een aardige knul op de proppen komen. Want waarom ook niet? Dat was toch de loop der dingen?

Het werd weer voorjaar, de narcissen bloeiden al, spreeuwen rommelden onder het pannendak, daarmee had het gevoel te maken. Met z'n eigen gang gaan. Met natuurlijk beloop. Met vertrouwen hebben. Met weten dat je bij kunt sturen of ingrijpen als dat nodig is.

Want je kunt een advertentie voor een werkster plaatsen, op internet speuren naar appartementjes en bij je achterbuurman aanbellen voor een kop koffie. Ja, dat kan.

De zondagen vond Lotte ongeschikt om zomaar op de stoep te staan bij een toch nog onbekende buurman. Dat stond eenzaam en visiteachtig. Bovendien wipte ze dan vaak even bij haar ouders aan. Of deed ze iets met Marije.

De zaterdagen vlogen steeds voorbij met in de ochtend huishoudelijke klussen en in de middag de boodschappen. Op zaterdag kon je trouwens niet voor elf uur bij iemand op de stoep staan. Ook niet omstreeks lunchtijd en helemaal niet aan het eind van de middag, dan was het borreltijd. Dat kon je niet maken. Zaterdagavond was natuurlijk absoluut uitgesloten.

Resteerden de zaterdagen om circa elf uur en circa half drie. Elf uur dan? Dan moest ze opschieten met de klussen. Half drie? Dat was theetijd, dan dronk je geen koffie. 'Ik dacht, kom, ik ga eens een kopje thee drinken bij mijn buurman.' Hou op, zeg.

Zo verstreken er een paar weekends. Het was beter om er maar niet meer over na te denken maar, hup, te gaan.

Ze besloot om de komende zaterdag om elf uur te gaan. Wat er dan nog aan klussen was, moest 's middags maar gebeuren. Maar toen een vrouw opbelde over de advertentie voor een werkster, ging een kennismaking op die zaterdagochtend natuurlijk wel voor. Jammer, want ze kwamen niet tot zaken. De vrouw vond het huis te groot en het uurloon te laag.

Op de daarop volgende zaterdag kwam een andere sollicitante, die het huis niet te groot vond en het loon prima, maar alleen op zaterdagmiddag wilde komen. Helaas, nee dus.

Laat nu de week erop een vrouw opbellen die graag op donderdag wilde werken, het heerlijk vond dat de vrouw des huizes niet thuis was, de huizen al kende, het loon prima vond en de week erop al wilde beginnen.

'Zie je wel, alles komt heus wel goed,' riep Lotte blij voor zich uit toen na hun kennismaking op zaterdag de deur achter de nieuwe hulp dichtviel. Ze belde enthousiast naar Marije en Karin. Het vooruitzicht dat al de komende donderdag de werkster aan de slag was, maakte dat ze onweerstaanbare zin kreeg om de boel de boel te laten en iets leuks te doen.

Het was intussen halverwege april. Pril groen legde een voile van verwachtingen over de tuin. De zon scheen door ijle bewolking. De terrasdeur stond op een kier en allerlei vogelgeluidjes drongen naar binnen. Het was twaalf uur. Te vroeg voor de lunch, te laat om onverwacht op koffievisite te gaan. En toch was dat onverwachte nu precies waar haar hart lag.

Ik ga nú, dacht ze.

Zou ze doelbewust via de Wilgenlaan naar de Beukenlaan lopen om linea recta bij nummer 4 aan te bellen? Of eerst even achter in de tuin de kat uit de boom te kijken? Misschien was hij in de tuin bezig en kon ze, quasi zwerfvuil verzamelend tussen de populieren bij hem achter komen voor een praatje over de heg.

Dat was makkelijk, want niet zo formeel als aanbellen.

Moest ze zich nog omkleden? Nee, dan werd het te laat.

Ze borstelde haar haren, constateerde dat Marije of de kapper weer aan het kleuren moest, bracht lippenstift, blusher en oogschaduw aan, en constateerde dat haar verzorgde gezicht totaal niet paste bij het verzamelen van zwerfvuil maar wel bij een wandelingetje. Daarom verwisselde ze van schoeisel en sloeg ze de pashmina die Marije vergeten was losjes om haar schouders. Vastberaden stapte ze de deur uit. Het moment was gekomen.

Toen Lotte aanbelde klopte haar hart echt sneller. Ze sprak zichzelf inwendig toe. Rustig, er is niets aan de hand. Gewoon doen net als altijd. Ze trok een ontspannen glimlach.

Maar met die glimlach naar de huisdeur blijven kijken lukte niet. Met grote interesse volgde ze met haar ogen een kind op een racefietsje. Ook de dichtstbijzijnde beuk mocht zich in haar aandacht verheugen.

Er werd niet opengedaan.

In plaats van opluchting voelde ze teleurstelling.

Ze drukte nogmaals op de bel en luisterde scherp.

Niets? Of toch?

Ik wacht nog tien tellen, dacht ze.

Prompt klonken er geluiden en opeens zwaaide de voordeur open. 'Sorry, ik was in de tuin bezig… Hé hallo… jij…?'

Ze voelde zelf hoe haar ijzeren glimlach plaatsmaakte voor een brede grijns. Ja, hoor, hij was in de tuin bezig. En zij wandelde om en stond formeel voor de voordeur.

Ze schoot erdoor in de lach. 'Ha, ha, je was in de tuin… Ik had het kunnen weten. Maar goed, ik zei dat ik eens zou komen aanwaaien en zie hier. Ik hoop alleen niet dat ik je overval. Maar eerst opbellen voor een afspraak vond ik veel te officieel. Misschien heb je ondanks het late tijdstip nog een restje koffie…'

'Ik heb espresso! Die is altijd vers. Kom verder.'

Ze stapte naar binnen. Hij sloot de deur en hoorde het zichzelf al tegen Peter zeggen. 'Je zult het niet geloven, maar ze belde zomaar bij me aan voor een kop van mijn wereldberoemde espresso.'

Nu was hij het die in de lach schoot. 'Ha ha, nog een restje koffie...' maakte hij er maar van.

Waar ze vervolgens over praatten was dat zijn huis dezelfde indeling had als het hare, alleen gespiegeld. Bij hem was de woonkamer met eetkeuken rechts en de trap en meterkast links. Ook het licht in de eetkeuken was anders, het viel binnen vanuit het noordwesten.

'Ik vond dat het er nu eindelijk van moest komen,' zei Lotte vervolgens terwijl ze op de stoel ging zitten die hij bij de tafel in de eetkeuken vandaan trok.

Ze kreeg er een kleur van.

'Een goed initiatief,' zei Ard. 'Eh... als je liever gewone koffie drinkt, kan dat ook.' Hij wees naar een blinkende koffiezetter op het aanrecht.

'Nee, ik hou juist erg van espresso.'

Ze keek hoe hij de filterhouder vulde met koffie, die onder aan de machine vastdraaide, er twee kleine zwarte kopjes onder plaatste en een tikje op een schakelaar gaf.

'Wat leuk, hetzelfde huis maar dan andersom,' zei ze nog maar eens.

'Ja, gespiegeld,' zei hij weer.

De machine bromde. Kalm kwamen er twee straaltjes koffie naar beneden.

Lotte keek rond. Ze wilde niet weer iets zeggen over de andere lichtval.

'Hé, je hebt een piano. Speel jij zelf?'

'Sinds een paar jaar. Als goedwillende beginner, meer niet.'

Hij hield een cake in de lucht. 'Wil je cake?'

Eigenlijk niet, ze had met de nieuwe werkster stroopwafels gegeten bij de koffie.

'Hm, graag. Lekker. Zelf gebakken?'

'Een van mijn zoons. Hij bracht gisteren hun hond te logeren. En de cake dus. Hij is een beetje mislukt, de cake, maar dat vinden wij juist lekker.' Hij lachte. 'De hond is trouwens ook een beetje mislukt. Maar of die lekker is…'

Hij tikte weer tegen de schakelaar. De machine was stil. De kopjes kwamen op tafel.

'Dat mooie schuimlaagje erop schijnt het bewijs te zijn van goede espresso,' zei Lotte. 'Het zorgt ervoor dat het aroma niet vervluchtigt.'

'Heb je ook een espressomachine?'

Ze schudde met haar hoofd van niet. 'Ze zijn erg duur. En eigenlijk drink ik doordeweeks op kantoor al te veel koffie. Jij niet?'

Hij zette een schotel vol dikke plakken cake neer. 'Het is vaak slechte koffie op kantoren. Maar het hoort erbij.'

Hij trok een gezicht en imiteerde. 'Kopje koffie? Nou, graag! Een lekker bakkie smaakt altijd wel, nietwaar? Zegt u dat, heerlijk.'

Lotte schoot in de lach. 'Je drinkt het vast vaak tegen heug en meug.'

Hij knikte. 'Door mijn werk. Ik ben zelfstandig bouwtechnisch adviseur, nogal ambulant, en word op menig bakje onthaald.'

'Hoe doe je dat met de hond? Neem je die mee? Ik had graag een hond gehad, maar het kan nu eenmaal niet als je werkt. Meenemen is ook geen optie, een collegaatje is allergisch voor huisdieren, ze krijgt er eczeem van. Waar is hij trouwens?'

Hij maakte een beweging met zijn hoofd naar de tuin. 'Zonder kennel had het niet gekund. Nu wijst het zich vanzelf wel. Ik vind het erg gezellig. Mislukt en wel is het een aardig dier, speels, vrolijk. Hij is een paar keer met me mee geweest naar een bouw. In de auto, maar hij voelt zich in de kennel duidelijk ook prima.'

Hij dronk in één teug zijn espresso. 'Het is een hond met een trauma. Echt iets voor de jongens. Volwassen kerels in feite, maar dan willen ze toch als in een jongensboek een zielige hond redden.'

Hij vertelde het levensverhaal van Ploeter.

'Een happy end,' constateerde Lotte. 'Maar hij mag dus ook in huis.'

'Ja, vanzelfsprekend. Mijn hulp moppert wel op de hondenharen…'

'Je hebt hulp…'

'Dat moet wel. Ik heb werk dat onregelmatig kan zijn. Ik hou niet van een grote rotzooi. Maar ook niet van opruimen, laat staan soppen en boenen. Maar overwerken zal ze zich hier niet ondanks die hondenharen af en toe.'

'Toevallig heb ik er sinds vanmorgen een werkster bij,' zei Lotte. 'Want dit zijn heerlijke ruime huizen maar om na je werk bij te houden is het een flinke klus. Fantastische espresso trouwens en de cake is lekker. Klopt het, met een vleugje kaneel?'

Hij knikte bevestigend, met een lachje alsof hij een binnenpretje had.

'Is er soms iets speciaals mee?' vroeg ze. Ze bedoelde met de cake, maar begreep door zijn hoofdbeweging naar het espressoapparaat dat het daarmee te maken had.

Het lachje werd een lach. 'Ik schep altijd op over mijn espresso.' En met een hoge borst, neus in de wind en een alleszeggende armbeweging: 'mijn espresso is niet te evenaren. Met een vriend maak ik er grappen over…'

Hoofdschuddend vroeg hij op normale toon of Lotte er nog eentje wilde. Hij stond al op om aan de slag te gaan. 'Nou, graag.'

Het leek erop dat hij haar bezoek op prijs stelde. Ze moest bij die gedachte een glimlach onderdrukken en wist gek genoeg opeens niet goed wat te doen. Opstaan om de machine te bekijken? Blijven zitten en iets vragen over de soort koffie en de maling?

De machine bromde. Ze bleef zitten en hield haar mond, alsof ze wachtte tot de stilte weer inviel. Hij tikte de schakelaar van de machine uit.

'Jij bent denk ik ook alleen?' vroeg hij terwijl hij de kopjes op tafel zette.

Die directheid had ze niet verwacht. Zij met haar omslachtigheid.

'Klopt.'

'Ik sinds vier jaar. Gescheiden.'

'Ik sinds acht jaar. Idem.'

Ze keken allebei even zwijgend en met een vaag glimlachje naar

hun espresso, en pakten gelijktijdig hun kopje op. Lotte blies zachtjes langs de koffie, Ard dronk het kopje in twee teugen leeg.

'Ziezo, dat weten we,' zei hij toen hij het kopje neerzette met een
grijns naar Lotte. 'Waarmee het ijs voor gebroken is verklaard!'

9

Als tussen mensen het ijs eenmaal gebroken is, stromen de woorden en woelt er van alles los, te beginnen met feitelijke informatie, die het onbekende terrein waarop beide partijen zich begeven van herkenningstekens gaat voorzien.

Dan geeft de een, dan de ander informatie. Dan stelt de een de vragen, dan de ander.

Is het terrein eenmaal enigszins in kaart gebracht, dan kan er besloten worden of het nieuwe contact interessant genoeg is voor een vervolg. Is dat het geval, dan wissel je visitekaartjes uit om later een afspraak te kunnen maken voor een nadere kennismaking.

Voel je daar niets voor, dan wissel je die kaartjes eenvoudigweg niet uit. Logisch, niet elk nieuw contact is het waard om in te investeren.

Zo had Lotte het ooit opgestoken in een workshop over het op een ontspannen manier leggen van nieuwe, zakelijke contacten. Begin met iets eenvoudigs als de weersomstandigheden, zoek in het antwoord naar gelijkgestemdheid, geef én vraag enkele feiten, en inventariseer tot slot of er voldoende is om op door te borduren.

Dat de nadere kennismaking met Ard op die manier verliep, herkende ze pas later op diezelfde zaterdag. Het was nadat het ijs gebroken was gewoon vanzelf gegaan. Toen kwam de stroom van informatie los. Kenmerkend was dat ze met geen woord repten over hun eerdere toevallige ontmoetingen. Niets zeiden ze over het grand café, waar ze toch een poosje samen aan tafel hadden gezeten. Niets over Schiphol waar ze in één rechte lijn op elkaar waren afgestevend.

Terwijl Ard intussen wél beelden terugzag van die enorme bolle capuchon in de stormwind op het parkeerdak, en opeens enorme trek kreeg in iets lekkers als een gegratineerd stokbroodje. Net zoals er door Lottes hoofd speelde dat ze natuurlijk best kon vertellen dat de nieuwe springvorm een fantastisch ding was en dat de taarten er moeiteloos uit los kwamen. Dat was geen vrouwenkletskoek, Ard was geïnteresseerd in goede keukenspullen. Maar ze vond dat het niets toevoegde, dus zei ze daarover niets.

Terugkomen op de ontmoetingen leek bovendien te intiem. Alsof ze gedeelde ervaringen hadden. Het zou een te snelle weg zijn naar een beladen begrip als toeval, en naar zweverige ideeën over het lot dat stuurde en er kennelijk een bepaalde bedoeling mee had.

Zo voelde Lotte het, bij hem in huis. Als te nabij. Ze had al plompverloren aangebeld, het moest niet erger worden!

Ook Ard piekerde er niet over om het gesprek die kant op te laten gaan. Dat deze vrouw bij hem aanbelde was al bijzonder genoeg. Daar moest niet nog een schepje bovenop komen.

Ze waren de tuin in gelopen om de kennel te bekijken en Ploeter eruit te laten. Met die snuffelende hond erbij hadden ze de achtergevel van het huis van Ard bekeken, en via het populierenbosje die van het huis van Lotte. Ze had verteld dat Stef bang was dat de bedekking van het platte dak van de praktijkruimte aan vervanging toe was. Automatisch had ze wat zwerfvuil opgeraapt en dat bij hem in de vuilnisbak gedaan.

Weer bij hem binnen waren ze een kijkje gaan nemen op zolder in verband met de dakkapel en het inpandige balkon. Waar haar maag keihard rammelde maar ze zijn aanbod van een broodje uit de oven afsloeg.

'Nee zeg, dat is te gek. Ik moet trouwens hoognodig naar huis.'

Ja, zo gaat dat. Zo doe je dat. Zo hoort het.

Visitekaartjes hadden ze natuurlijk niet uitgewisseld, en ook geen telefoonnummers. Wel hadden ze lachend vastgesteld dat het niet wéér jaren mocht duren. Tenslotte wist hij nu wanneer zij in principe niet thuis was en wanneer de gymvriendinnen kwamen. En zij wanneer hij pianoles had en wanneer hij met Annebeth Ploeter naar Groningen ging terugbrengen.

Het mochten maar oppervlakkige uitwisselingen zijn, maar zijn drie zoons en het huis in de Vogezen waren aan bod gekomen, net als dat Marije speurde naar eigen woonruimte en dat de opleiding tot verkeersvlieger in Amerika heel goed te betalen was, wat verklaarde waarom veel jonge Nederlandse piloten in dat werelddeel met zijn onmetelijke luchtruim er hun opleiding deden en werk vonden. Peter was genoemd, net als Karin, Stef, Tineke en Jikke.

Het is ongelooflijk wat mensen in een uurtje kunnen uitwisselen als ze nieuwsgierig zijn naar elkaar en de wil hebben om zich te laten kennen. Het blijft natuurlijk bij aanstippen, maar Lotte wist nu dat Ard als bouwkundig adviseur gespecialiseerd was in logistiek en dat een goede planning forse besparingen op bouwkosten oplevert. Zij op haar beurt had hem uit de doeken gedaan wat hun pr-afdeling deed om consumenten te binden, en hoe graag ze allerlei workshops en trainingen volgde.

Door dat alles liep Ard de rest van die zaterdag aan Lotte te denken. En Lotte aan Ard.

Ard kon het niet laten om Peter te bellen.

'Laat nu vanmorgen die achterbuurvrouw van Schiphol bij me aanbellen om mijn wereldberoemde espresso te komen proeven,' zei hij grinnikend nadat ze een en ander hadden uitgewisseld over foto's die Peter had gemaild.

'Het is niet waar.'

'Ik zweer het je.'

'Ze kwam zeker met de zaterdagse krulspelden in het haar om een kopje suiker vragen?'

'Nee, nee!'

'Vertel op.'

'Wat moet ik daar nu over zeggen! Alleen dat het gek is dat we al jaren achterburen zijn en elkaar nooit zagen. Maar opeens zie ik haar overal. Nou, overal...'

'Omdat je eerder niet uit je doppen keek, net als toen we in je tuin waren,' becommentarieerde Peter. 'Is ze leuk?'

'Ja... Ja, ze is denk ik een leuk mens.'

'Waarom stapte je dan niet op haar af, man?'

'Omdat ik haar niet zag, en dat weer omdat ik geen zin heb in gedoe met buren.'

'En nu?'

'Hoe bedoel je?'

'Is er iets concreets?'

Het was even stil.

'Welnee. Kom nou.'

'Je vindt haar dus niet leuk genoeg om uit te nodigen voor de film, om maar wat te noemen.'

'Jazeker wel. Maar dat hoefde toch niet meteen vanmiddag al? Ik moet eerst eens zien of...'

Peter bulderde van het lachen. 'Je moet eerst eens zien... Man, zo gaat het wéér vier jaar duren. Dan kun je wel dood en begraven zijn.'

Ard lachte maar mee en liet het erbij. Dat Peter nou haast had gehad. Die was echt uit op een vriendin. Maar hij niet. Verre van dat zelfs. Bovendien pakt iedereen dit soort dingen op zijn eigen wijze aan. Dacht hij.

Opeens schoten hem tips voor de geest uit het boekje over hoe vrouwen voor mannen vallen. Hij zag het al voor zich. Stel dat hij, toen Lotte in de tuin wees naar het platte dak van de praktijkruimte aan haar huis, op dat moment met een zoete glimlach had gezegd wat hij toen dacht. 'Je spreekt mooi accentloos Nederlands, dat ken ik wel anders als Groninger. Het doet me deugd dat jij het niet aan mij hoort. Wat ben je trouwens leuk rond gebouwd. En wat heb je mooie lange wimpers. Schitterend zoals je haar glanst in dit gedempte zonlicht.'

Kom nou toch. Ze zou gillend wegrennen.

'Dank je voor het advies,' zei hij tegen zijn vriend. Om er lachend op te laten volgen dat adviezen er zijn om over na te denken en niet om voetstoots op te volgen.

'Maar je moest je verhaal toch maar mooi kwijt,' plaagde Peter hem terug.

Onwillekeurig knikte Ard. 'Punt voor jou.'

Waarna hij wijselijk een heel ander onderwerp aansneed.

Dat deed Lotte die avond ook, tweemaal nog wel. De eerste keer toen Marije voor een leuterpraatje belde en ze, voor ze het wist, aan het vertellen was over haar spontane bezoekje.

'Na vier jaar... Je kunt bepaald niet over spontaniteit praten,' vond Marije. 'Maar hoe was het?'

Nou, gewoon gezellig natuurlijk. Ze hadden over hun huizen

gepraat en over espresso. En cake gegeten, mislukte cake met een vleugje kaneel.

'Getverderrie,' zei Marije. 'En nu ga jij goede cakes voor hem bakken?'

Bijtijds merkte Lotte dat het die kant niet op moest. 'Welnee!' IJverig vertelde ze wat ze nog aan bijzonderheden wist over de nieuwe werkster en vroeg ze hoe het met de pony en de kippen stond.

Zo ging het ook tegen Tineke, die de komende gymavond afbelde. Maar toen ze nog gezellig even doorbabbelden, was de verleiding te groot. Weliswaar legde ze het accent op het sociale. Dat het te gek is dat iemand al zolang bij je in de buurt woont zonder dat je elkaar kent. En dat ze maar gewoon het initiatief nam. Maar kennelijk klonk ze flink enthousiast want Tineke merkte met een plagerig lachje op dat ze heel benieuwd was naar de volgende ontwikkelingen.

'Trouwens, heb je hem voor een warme maaltijd gevraagd?'

'O nee! Nee, zeg, dat is helemaal de bedoeling niet. Het gaat gewoon om burencontact. Hij is graag op zichzelf. Een heel zelfstandige vent, dat is hij,' ratelde Lotte.

'Dus eten jullie allebei alleen?'

'Ja, natuurlijk! Kom zeg.'

'Nou, veel alleenstaande buurtgenoten eten toch gezellig om beurten bij elkaar.'

'Ja, natuurlijk. Dat wel. Maar goed…'

Gelukkig was er die mislukte cake als afleidingsmanoeuvre.

Toch een goede tip, dacht ze toen ze na het telefoontje een restje wijn voor zichzelf inschonk. Ze kon zeggen dat het natuurlijk niet hoefde dat ze allebei alleen zaten te eten. Dat veel alleenstaande buurtgenoten, enzovoort. Want het stond als een paal boven water dat ze bij een net zo leuk verlopen kennismaking met een alleenstaande buurvróúw wel meteen geopperd had dat ze wel eens bij haar kon komen eten.

Ze nam een slok.

En zou er ook van alles van die buurvrouw door haar hoofd blijven spoken, zoals van Ard?

Vast wel, besloot ze gedecideerd. Nieuwe mensen maken nu eenmaal indruk.

Dat was precies wat ook Ard die avond constateerde. Dat het niet vreemd was dat zijn gedachten bezig bleven met het onverwachte bezoek. Was ze nu uit sociale overwegingen gekomen of omdat... nou ja... ze iets in hem zag? Dat gevoel had hij wel. Maar het irriteerde hem niet. Integendeel, het vleide hem moest hij toegeven, en dat was vreemd.

Nu was ze bepaald geen opdringerig type. Een authentiek mens. Vrouwelijk met die grote sjaal maar stevig in haar schoenen. Zonder één woord over de lijn at ze de cake, terwijl ze, eerlijk is eerlijk, aan de mollige kant is. Wat overigens maakte dat haar gezicht er jong uitzag met die mooie zachte ronde wangen.

Hij ging naar de keuken om iets te drinken te halen. Ploeter plonsde enthousiast met hem mee. Hij posteerde zich bij zijn etensbak en keek van daar naar de tijdelijke baas en weer terug. Ard was niet zo goed of er moest een handvol brokjes in.

In het wijnrek lag een prachtige fles witte bourgogne. Het kerstgeschenk van de zakenrelatie, aan wie hij de gouden tip had kunnen geven waarmee een eind kwam aan de leverancierskwestie. Maar de fles ontkurkte hij niet. Het was er een die heel geschikt was bij een mooi stuk vis. Niet een die je in je eentje wegslobberde. Daarom nam hij een biertje.

Zit Ard ook aan een wijntje? vroeg Lotte zich in haar eetkeuken af. Of speelt hij piano? Kijkt hij tv? Lummelt hij wat rond, net als ik?

Het was een gek idee dat er op een steenworp afstand nog iemand alleen thuis was. Niet dat het zielig was, kom nou, hij had net als zij een aangenaam leven ingericht, dat was wel duidelijk. Maar wellicht belde je de ander in de toekomst wel eens op zo'n avond.

Ze stelde het zich al voor. 'Heb je zin in een wijntje?' En als hij ervoor bedankte: 'welnee, natuurlijk is dat niet erg. Laatst was ik het toch die het niet laat wilde maken?'

Ze stapte het terras op om de lege fles bij de volle krat te zetten die ze nu niet naar de flessenbak had gebracht. Het zou inderdaad fijn zijn om iemand dichtbij te hebben met wie je dat soort dingen kon doen. Die meehielp de erwtensoep of de stoofperen op te eten omdat het natuurlijk weer veel te veel was voor één persoon en de kwaliteit in de vriezer toch terugliep. Ze keek even om zich heen. Het was aangenaam van temperatuur. Geen weer voor erwtensoep. Wat voor zomers gerecht was er dat je nooit in je eentje op kon? Een mooi aangeklede salade niçoise met haricots verts, zwarte olijven, tonijn, eieren en ansjovis. Of slibtongetjes op de gasbrander in de tuin gebakken terwijl je witte wijn dronk en van de rauwkost snoepte. Als je de boel buiten klaarzette, kon je even kijken of de ander soms ook buiten was en zeggen dat… Ze keek het donker in. Omdat de bomen nog niet vol in blad stonden, waren er aan zijn kant een paar verlichte ramen te zien. Ze luisterde. Geen piano. Geen geblaf. Alleen de bleke maan die haar zag staan. Ze ging naar binnen toen er wolken voor schoven. Opeens voelde ze zich een heel klein beetje, echt een heel klein beetje, alleen.

Na zijn biertje liet Ard de hond uit, via de Beukenlaan naar de vijver waar honden niet aangelijnd hoefden te zijn. De eenden daar kwaakten. Ploeter bleef er stoïcijns onder. Sinds zijn ontdekking dat hun vleugels ze ongrijpbaar maakten, was hij niet langer geïnteresseerd. Dat was hij wel in het gras waar menig soortgenoot een berichtje had achtergelaten.

Ard keek intussen een beetje in het rond. Als ogen eenmaal aan de duisternis gewend zijn, zien ze veel. De bleke maan hielp daar af en toe bij. Het was een aardig punt waar hij stond door het samenkomen van de singels van de Berkenlaan en Beukenlaan. Met wat overdrijving leek het er zo in het donker wel een bos.

Zomaar had Ploeter er genoeg van. Met weer die idioot hoog opgetrokken poten stevende hij op de Berkenlaan af. Ard beende mee. Voor ze bij de de Populierenlaan waren, haakte hij de lijn vast aan de halsband. De hond keek naar hem op.

'Nee, jongen, we gaan niet rechtdoor, we nemen dezelfde route terug,' zei Ard met een vriendelijke intonatie. 'Zogenaamd de hond uitlaten in de laan van het meisje waar je een oogje op hebt, dat doen we niet. Die tijd heeft dit baasje gehad.'

Hij lachte zachtjes om zijn woorden. Wat was het krankzinnig lang geleden dat hij steeds maar weer langs Noortjes huis moest fietsen in de hoop een glimp van haar te zien. Hij schudde onwillekeurig met zijn hoofd bij de herinnering. Kalverliefde. Hij Romeo, zij Julia. Hand in hand, armen om elkaar heengeslagen, urenlang zoenen. Weekends lang samen in een tentje. Ze hadden er veel van geleerd, dat wel. Maar het leek zich te hebben afgespeeld in een vorig leven. Dat was het natuurlijk ook. Want als zeventienjarige jongen verkeer je nu eenmaal in een andere wereld dan als 54-jarige man. Toen kon hij niet anders dan Noortje veroveren, nu deed hij niets en belde een vrouw bij hem aan. Hij grinnikte. Het was gewoon leuk om aan terug te denken. Waardoor hij zomaar zo lang bleef wachten bij de lantaarnpaal die Ploeter nauwgezet besnuffelde, dat het de hond was die hem met een blaf aanspoorde eens door te lopen. Dat deden ze op hun gemak. Want wat was het nog lekker buiten en wat voelde het goed om zomaar zonder haast wat te kuieren.

10

Behalve Tineke belde ook Jikke de gym af, terwijl een van de nieuwelingen al de laatste keer gemeld had niet te komen. Volgens Karin kwam het omdat verenigingen net vóór het einde van het seizoen de weken erg vol planden, en er ook op de valreep nog allerlei theatervoorstellingen en concerten waren.

'Jammer,' vond Lotte. 'Nu kunnen we niet zeuren en klagen.'

'Maar we kunnen wél de dagschotel gaan eten bij Catootje.'

Catootje was een eetcafé aan de Botermarkt. Het eten was er niet super maar wel goedkoop. Er kwamen veel jongeren, maar werkende vrouwen zoals zij vielen er niet uit de toon. Het sfeertje beviel hun wel en parkeren was geen probleem, dat kon gratis en onbeperkt op het parkeerdak van het overdekte winkelcentrum. Lotte hoefde dan ook geen tel na te denken. Karin begon al sms-berichten te tikken naar man en zoons. 'Ik moet nog één telefoontje doen,' zei ze intussen, 'een culinair journalist die ik pas na half zes mag bellen.'

Intussen ordende Lotte papieren bij de printer en ruimde ze haar bureau een beetje op. De oude zwart-witfoto's onder in een van de laden schoten haar te binnen. Ze haalde ze tevoorschijn. Ze hadden te lijden gehad onder het daglicht, want na de expositie in de kantine hadden ze nog vrij lang in hun kantoorkamer gehangen.

Bomen in hun landschap, was het thema. Ze vond ze opeens ouderwets. En niet alleen omdat ze zwart-wit waren. De landschappen van de foto's bestonden niet meer. Een landweggetje met knotwilgen was opgeslokt door het bedrijventerrein waar ze dagelijks met de auto langsreed. De vroegere tweebaansweg met links en rechts stoere populieren was verdubbeld, de populieren waren geveld en vervangen door prille soortgenoten, en er stond een nieuwe woonwijk aan.

Hemel, wat was het lang geleden. Bonne en Marije zaten nog in de fietszitjes. De camera en verschillende objectieven moesten in een rugzak, heel hoog op haar rug. In de zijtassen gingen behalve de beentjes van Bonne ook limonade, chocolademelk en koeken. Zo ging ze er op de zondagochtenden opuit, na het badje en voor het middagslaapje. En als het zonnig en warm was speelden ze op een plaid in een weiland, dat kon gewoon nog.

'Niet mooier maken dan het was,' zei ze onhoorbaar voor zich uit. 'Je voelde je immers eenzaam en door Paul in de steek gelaten omdat hij naar het voetballen wilde? Gezinnetjes met papa er wél bij maakten je toch boos en jaloers?'

Ze haalde doorzichtige insteekhoezen tevoorschijn en stak de ene na de andere foto weg.

De mooiste bomenfoto's waren vlak bij huis genomen, van de nog zo prille berken met hun elegante witte stammen in hun eigen laan. Dartel speelde het zonlicht tussen hun blaadjes door. De foto's ontroerden haar. Zo pril, zo verwachtingsvol, zo licht en luchtig was ze zelf ook toen ze er kwam wonen...

Karin was klaar met bellen 'Moet je zien, deze foto's vind ik veel mooier dan wat ik je laatst liet zien van de nieuwe camera,' zei Lotte. 'Deze zijn persoonlijk, bijvoorbeeld door de keuze voor een bepaalde lens, de belichting en het soort film. Die met de nieuwe camera worden door de techniek ervan gemaakt. Ze zijn bijvoorbeeld haarscherp waar ik zelf liever zachtheid had gewild. Snap je?'

Ze keken, vergeleken en kregen opeens het idee van een *online-*fotowedstrijd met als onderwerp soep.

'Maar nu gaan we naar Catootje.'

Ze controleerden de boel, sloten af en brainstormden intussen door over het idee. Ook terwijl ze de trappen afliepen, de mensen bij de receptie groetten en in Lottes auto naar het centrum reden. Op het parkeerdak waren ze eigenlijk al aan de planning van het project begonnen als Karin niet was gebeld. Ze nam het telefoontje aan in de veronderstelling dat het een van haar zoons was.

Had ze maar eerst in de display gekeken. Het was haar vervelende schoonzus. 'Bah, schoonzus,' deed ze onhoorbaar. Lotte wist genoeg. Die vrouw had een bijzonder ingewikkelde gebruiksaanwijzing, waarvan de allereerste regel was dat ze minstens een kwartierlang zonder ophouden over zichzelf praatte, of er nu iets bijzonders was of niet, of ze stoorde of niet.

'Ik maak van de gelegenheid gebruik om snel wat noodzakelijke boodschappen te doen,' zei Lotte. 'Heb jij nog iets nodig?'

'Wolwas,' articuleerde Karin. 'Melk, cola en een zak aardappelen.'

'Sterkte,' giechelde Lotte terwijl ze uitstapte.

Ze prees zich gelukkig met haar eigen schoonzus, de vriendin van haar broer, een ongecompliceerde Brabantse lachebek. Die van Pauls kant had ze nooit meer gezien, net als de rest van zijn familie. Ze zou er Marije of Bonne eens naar vragen. De meiden praatten zelden of nooit over die mensen, maar misschien wel omdat zíj er nooit naar vroeg.

Ik moet ook bij Marije informeren hoe het met de enkel van Paul gaat, dacht ze. Hij is haar vader. Ze zal zich zorgen hebben gemaakt.

Ze stapte de lege rolband op naar beneden. Ook die naar boven was leeg. Nee, er stapte net iemand op. Een paarse sjaal!

'Hé hallo!' riep ze uit.

'Hé hallo!' klonk van beneden.

De rolbanden brachten hen naar elkaar toe.

'Even snel een paar boodschappen doen. Ik ga daarna met Karin bij Catootje eten.'

'Heb net de lekkerste goulashsoep en het beste broodje ros gegeten. Geen tijd voor uitgebreider. Moet naar een bouwvergadering.'

Op dat moment passeerden ze elkaar.

Ard wees op de twee stevig gevulde supermarkttassen aan zijn voeten. 'Bevoorraad. Dus als je zonder... eh... suiker zit...' Ze lachten.

'Kom eens een hapje mee-eten. Voorlopig is er genoeg!' zei hij nu van boven.

'Doe ik!' riep Lotte omhoog. 'En het omgekeerde geldt natuurlijk ook.'

De verbazing over weer zo'n toevallige ontmoeting kwam pas toen ze de supermarktkar loskoppelde. Want toevallig was het. Het was dinsdag! Geen dag waarop werkende mensen hun boodschappen doen.

Pas bij de kassa merkte ze dat ze helemaal de artikelen voor Karin was vergeten. Ze rekende haar eigen spullen af en doorliep nogmaals de supermarkt. Neuriënd, met in haar hoofd de woorden aardappelen, melk, wolwas en cola. Een heerlijk liedje.

Bij Catootje was het zelfs voor een dinsdagavond niet druk. Alleen die muziek! De twee vrouwen vroegen of het wat minder hard mocht en dat mocht. Het gebeurde niet vaak dat er een raamtafeltje vrij was, maar nu was dat het geval. Ze keken naar buiten. Hoewel er door de bewolking geen zon te zien was, was de Botermarkt in bijna zomers zachtgeel licht gehuld. Aan de overkant stapelde het personeel van een restaurant de stoelen op van het terras. Dat maakte voor april een zomerse indruk. Een straatvegerkar stopte met piepende remmen. De bestuurder sprong eraf en begon de vuilniszakken uit de bakken te verwisselen. Als er al mensen liepen, waren ze gehaast.

'Een tafereeltje voor een film,' zei Karin precies toen de serveerster aan tafel stond. Die vertelde dat de dagschotel bestond uit gebakken slibtongen met een stamppotje van aardappel, wortel, room en veel peterselie.

'Niet goed voor de lijn,' zei de serveerster tegen Lotte. 'Maar heerlijk voor wie daar niet op let…'

Lotte trok haar wenkbrauwen op. Waarom werd het expliciet tegen haar gezegd? Kom nou!

'Doet u mij dan maar de dagschotel,' zei ze resoluut.

Karin deed mee.

'Altijd dat gedoe over de lijn,' mopperde Lotte toen de serveerster weg was. 'Ik stel voor dat we het er niet over hebben.'

'Ik meende toch dat je het op kantoor verschrikkelijk jammer vond dat we vanavond niet konden zeuren en klagen want je had wat op je lever…'

'Dat is waar. Nou, even dan. Ik at een idioot dikke plak cake…' ze giechelde een beetje '… en hij was nog mislukt ook… dus klef van binnen…'

'Bah. Maar uit frustratie omdat hij mislukt was at je hem toch op?'

'Nee, nee, nee. Hij was met opzet mislukt. Zorgvuldig wordt met een satéstokje geprikt om te zien of er alleen in het midden een on-gare wig zit. De uiteinden moeten namelijk wel goed zijn.'

Karin keek haar niet begrijpend aan. Lotte haalde haar schouders op. 'Zo zeggen mensen het die van kleffe cake houden.'

Karin krabbelde op haar hoofd. Opeens ging haar een lichtje op.

'Met mensen bedoel je je nieuwe buurman?'

'Mijn oude buurman, die ik nieuw ken.'

'Duidelijke taal,' stelde Karin vast. Ze keek onderzoekend naar haar collega maar was zo verstandig om niets te zeggen.

'We kwamen elkaar net op de rolband tegen,' zei Lotte daardoor. 'Hij ging naar boven, ik naar beneden. Ook toevallig, hè?'

'Nou,' zei Karin bijzonder bevestigend, en meer niet. Ze wist erg goed wanneer ze zwijgen moest. Tenminste, als ze méér te weten wilde komen, en dat wilde ze maar al te graag.

'Hij zei dat ik eens een hapje moest komen mee-eten.'

'Leuk,' zei Karin enthousiast, maar zonder te overdrijven. 'Maar niet wanneer?'

'Binnenkort. Tenminste, dat denk ik. Hij had bevoorraad en zei dat er dus genoeg in huis was. Voorlopig tenminste.'

Ze lachte.

Karin trok bijna onmerkbaar haar wenkbrauwen op.

'Wat vind jij?' vroeg Lotte.

'Doen!'

'Onverwacht?'

'Je kunt ook bellen.'

'Met iemand die op een steenworp afstand woont?'

Karin leek dat af te wegen.

'Ik vind opbellen zo opdringerig,' zei Lotte.

'Hij nodigt je uit,' stelde Karin vast.

'Maar toch.'

'Je kunt ook hém bellen en uitnodigen.'

'Pft.'

De vuilniskar trok gierend op en verdween in het straatje van de juwelier.

'We kunnen straks even in de etalage van de juwelier kijken,' zei

Lotte. 'Je kunt goed door de mazen van die rolluiken heen kijken, zei Marije.'

'Waarmee het onderwerp eten met de buurman is afgesloten?' vroeg Karin zekerheidshalve.

Lotte grijnsde en maakte in de lucht het gebaar van aanhalingstekens. 'Voorlopig wel.'

Het stamppotje was wonderbaarlijk lekker, net als de pittige, krokant gebakken sliptongen. Dat vonden Karin en Lotte unaniem. Evenzo dat de witte wijn lekker koel en droog was. Ze stelden de koffie uit en bestelden nog een extra glaasje wijn.

Hun tongen waren intussen goed los gekomen. De fotowedstrijd kreeg al vorm. Al pratend over de taakverdeling, kletsten ze nog even door over de mensen op kantoor. En vooral over hun verschillende communicatiestijlen, zoals ze dat zo mooi noemden in navolging van een training over dat onderwerp.

'Als ik in onze jonge jaren iets had geweten van de verschillende denkwijzen van mannen en vrouwen,' zei Lotte, 'wat had ik me dan veel kunnen besparen. Boosheid. Onbegrepenheid. Verdriet.'

Ze kon nog veel meer noemen, maar Karin onderbrak haar.

'Zo was het nu eenmaal. Iedereen is kind van zijn tijd. Je roeit met de riemen die je hebt. Maar vergeet niet dat het ook mét alle verworvenheden uit de psychologie niet altijd meevalt. Als vrouw wil je toch dat hij net zo van praten houdt als jij. Hij kan nog zo beseffen dat hij je een plezier doet met een goed gesprek, dat wil niet zeggen dat hij er zin in heeft. En hij blijft tegen beter weten in oplossingen aandragen, want dat doet hemzelf nu eenmaal goed. Dus pik je het maar.'

Lotte knikte met een lachje. 'Uit de praktijk van alledag?'

'Precies. Ik zal je de voorbeelden besparen.'

'En toch gaat het bij jullie zo goed!'

'Misschien omdat onze verwachtingen en eisen realistischer zijn geworden.'

Karin hief haar glas. 'Onthoud dit in het contact met je nieuwe buurman. Verwachtingen. Eisen. Realisme.'

Lotte knikte. 'Maar het is een oude buurman. Ach nee, hij is van mijn leeftijd.'

'Oud dus,' stelde Karin vast, die even oud was.

Ze lachten.

'En wijzer geworden,' vond Lotte. 'Ik hoef geen charmante prins met gefluisterde liefdesverklaringen. Waar praat ik trouwens over, op mijn leeftijd. Het is al prachtig als er iemand is die jou gewoon lief vindt. Die je waardeert om wat je te geven en vertellen hebt. Die af en toe uit zichzelf zijn arm om je heen slaat, gewoon omdat dat uit zijn hart komt. Bij wie je je niet sexy moet opdoffen maar jezelf bent.'

Ze had niet in de gaten dat ze verraadde de liefde opeens weer serieus te nemen. Terwijl het afgedaan had. Ze praatte er tot nu toe alleen nog gekscherend over!

Karin had het door, maar liet dat niet merken.

'Sexy is natuurlijk overdreven, Lotte,' zei ze. 'Maar mannen houden ook bij leeftijdgenotes van verzorgd en vrouwelijk. Dat las ik laatst. Glanzend, los en zacht haar bijvoorbeeld. Niet zo'n bromfietshelm van versteviging en haarlak. En van een kwiek tikkend hakje houden ze. Net als van een leuk sieraad in de hals en een ruisende rok bij het lopen. Toen ik het voorlas aan Nico knikte hij nogal enthousiast.'

Lotte grijnsde. 'Ik ga meteen een ruisende rok kopen.'

'Waardoor je iets hebt om aan te trekken als je bij hem gaat eten?'

Ze giechelden.

Karin waagde het erop. 'Eigenlijk best romantisch.'

Lotte schudde met haar hoofd van niet. 'Op onze leeftijd gaat het denk ik sportiever, om het in kledingstijlen te zeggen. Zonder al te veel tierelantijnen. Met romantisch gedrag maak je je belachelijk. Dat is mooi voor jonge mensen. Bij ons krijgt dat iets tragisch en wanhopigs. Wij moeten het stijlvol aanpakken, vind ik.'

'Hm,' zei Karin.

'Iets anders, had ik je eigenlijk verteld dat hij Ard heet? Ard Banckert, met ck. Waar zou zo'n naam vandaan komen?'

'Die vraag zou ik bewaren voor als je even niet weet wat je moet zeggen na de eerste proevende hapjes van de verfijnde tarbot die hij met zorg voor je heeft gefileerd.'

'Hou op! Ik weet niet eens of het ooit van een gezamenlijk hapje eten zal komen. En mocht dat wel het geval zijn dan kookt hij, of ik, spontaan een maaltje met wat er in huis is. Jij met je romantiek, het gaat wél over vijftigers met grote kinderen en mislukte huwelijken, hoor.'

'O ja?' vroeg Karin.

Marije zat weer vol verhalen over Hedy en haar baby. Intussen smeerde ze tamelijk geroutineerd de haarverf in de haren van haar moeder. Lotte moest zich er opnieuw wel honderd keer van weerhouden om niet te vertellen over het baby'tje dat Marije indertijd zelf was, dus dat ze heus wel wist hoe het was om een kleintje te hebben. Dat het logisch was dat het kindje wilde gaan zitten, een willetje kreeg, uit haar kleertjes groeide, de boel onder spuugde, zo geweldig komisch kon kijken en allerlei ziektekiemen meebracht uit de crèche.

En daarna was natuurlijk het ponypaard aan de beurt. Ook die had zijn willetje en voorkeuren. Wortel ging boven kool en appel boven peer. Krentenbrood stond boven aan de top tien en na het borstelen neusde hij zo gezellig met haar.

Ten slotte bleek er toch nog tijd te zijn voor de enkel van Paul en hoe het toch eigenlijk met zijn ouders en overige familie ging. Het deed Lotte deugd dat Marije haar belangstelling duidelijk prettig vond. Had zij, Lotte, er maar eerder aan gedacht! Paul interesseerde haar geen biet meer, net zo min als zijn familie die ze altijd als betweterig en onhartelijk had ervaren. Dat ze opgelucht was toen Paul niet mee kon naar de verjaardagen van Bonne en Jens, kwam door zijn opgedrongen gezelschap. Want hoe positief ze ook tegen haar dochters over hem sprak, ze had er als een berg tegenop gezien om een week lang verplicht aardig met elkaar om te gaan. Zo poenig was hij in die voetbalwereld geworden. Een knol van een horloge droeg hij bij de laatste verjaardag van Marije, en zo deftig deed hij over het geavanceerde remsysteem van zijn zogenaamd sportieve coupé.

Wat een verademing was de soberheid van Ard daarbij vergele-

103

ken. Ze had gedacht om Marije, als het zo uitkwam, iets over de kennismaking met hem te vertellen. Geleidelijkheid leek beter dan een plompverloren mededeling.

Maar door het gebabbel van Marije kwam het er dus helemaal niet van. Trouwens, realiseerde ze zich, waar hád ze het over? Wat was er in vredesnaam zo speciaal aan? Over de twee vrouwen die bij de gymclub waren gekomen, zei ze toch ook niets, noch over de fotowedstrijd of dat zij en Karin uit kantoor vandaan bij Catootje hadden gegeten?

Toen ging de telefoon. Vanwege de verfboel nam Marije op.

'Lotte? Ja, dat is mijn moeder. Ze is er wel, maar ik ben haar haren aan het verven. Kan ik vragen of ze terugbelt of heeft het haast?'

'Oké, ze belt straks terug.'

'Ene Ad Banket of zoiets,' zei Marije toen ze neerlegde. 'Of je hem terugbelt.'

'Poeh,' blies Lotte. 'Banckert is de naam. Nee, zeg. Dat was op een goed moment!'

'Hoe bedoel je?'

'Ja, nou, hij is de achterbuurman, weet je wel, en nu weet hij dat ik mijn haar verf.'

Marije keek haar met grote ogen aan. 'Welke vrouw van jouw leeftijd verft nu niet haar haar?'

Lotte schokschouderde.

'Wordt het soms wat?' vroeg Marije.

'Welnee!' riep Lotte uit.

'Nou dan.'

Weer ging de telefoon. Nu was het Bonne.

'We moeten over drie minuten veertig seconden de haarverf uitspoelen,' zei Marije. 'Mama belt straks wel terug.'

Zelf praatte ze die drie minuten en de seconden natuurlijk helemaal vol. Over het boerderijtje, de pony en over heel speciale hotelgasten met de prachtigste kleding en accessoires. Een reistassenset bijvoorbeeld waarbij je je vingers aflikte. Zo te horen was het zoiets als Lotte in de schoenenzaak had gezien waar ze haar rode laarzen kocht.

Dat het allemaal kon in zo weinig tijd! Prompt liep de kookwekker af. 'We zijn toch weer een beetje bij!' riep Marije uit. 'Hoe het bij jou is hoor ik later wel van mama.'

Grinnikend liep Lotte naar de badkamer. Wat een kletstante was die Marije toch. Zelfs onder het uitspoelen boven de wasbak was ze nog iets aan het vertellen. Waar ze natuurlijk geen snars van verstond.

De rest moest Lotte zelf doen. Marije moest terug naar de beestenboel. Maar eerst Ard bellen, dacht ze zodra haar dochter haar hielen had gelicht. Dat föhnen komt later wel. Wat is zijn nummer?

Ze trok het telefoonboek uit de stapel tijdschriften en kranten bij het toestel in de woonkamer. Het leek of ze het eeuwen niet had geraadpleegd. Dat klopte. Of de nummers zaten in het toestel geprogrammeerd, of ze zocht ze op internet op. Ouderwets was dit, wat kostte het een tijd, en wat waren er veel Bakkers voor Banckert aan de beurt was... Marije had zijn telefoonnummer wel even mogen vragen...

Ze vond het nummer en terwijl ze het intoetste realiseerde ze zich dat het in de nummermelder van het toestel stond, Marije had in de eetkeuken opgenomen. 'Sorry, meid,' mompelde ze, 'mama oordeelde te snel.' En dat komt doordat je tegen hem zei dat je mijn haar aan het verven was, dacht ze er een beetje geïrriteerd achteraan. Gênant. Ja, natuurlijk weet iedereen dat vrouwen én mannen hun haar verven, maar toch voel ik me betrapt... en onzeker...

Het was niet dat Ard Lotte was vergeten, het was zijn werk dat alle aandacht vroeg. En het was de gloednieuwe visbakpan die hem opeens aan zijn spontane uitroep herinnerde om een hapje te komen eten. Het was net zo'n pan als hij gekocht had voor Michiel. Hij ging voor de bijl doordat hij bij de visboer de prachtigste zeetong had zien liggen die je je kon bedenken.

Hm, had hij gedacht, het moet mooi werk zijn om die vis te bakken in zo'n koninklijke pan. Niet meer dan een beetje zout en peper, dan licht door de bloem halen. Op laag vuur de pan voorverwarmen, dan de boter erin, rustig op temperatuur brengen en de vis in alle kalmte en zonder de poeha van heen en weer bewegen of wenden en keren op beide kanten mooi goudbruin bakken. En dan even met de bolle kant van een lepel een dik gedeelte van het visvlees optillen om te zien of hij goed van de graat loslaat…

Hij had de pan meteen gekocht. Intussen stond hij mooi nog steeds met de kartonnen huls erom op de eetbar. Opeens zág hij hem, toen hij beneden kwam na nog een uurtje werken na het avondeten. Hij verwijderde het karton.

Morgen, vrijdagavond, gebakken zeetong, dacht hij.

Hij bekeek de pan, woog hem op een hand en tikte er tegen.

Zo'n tong is veel te veel voor één persoon, dacht hij. En een kleinere ga je in zo'n stoere pan niet bakken. Nee, zo'n pan hoorde van links naar rechts gevuld te zijn met een vorstelijke zeetong.

Annebeth lustte geen vis. Peter ving ze wel maar at ze niet. Voor Victorine koken was een crime. Die bemoeide zich overal mee. Ze proefde niets en kwebbelde maar door. Vooral over andere gerechten en recepten dan wat er op tafel stond. Ze presteerde het om alles over een chocoladetaart uit de doeken te doen terwijl ze mosselen aten!

Aardig om Lotte uit te nodigen, was de logische conclusie. Daarbij, belofte maakt schuld.

Nu wist hij natuurlijk ook niet of Lotte van vis hield, noch of een zeetong aan haar besteed was, maar daar kwam hij snel genoeg achter.

Iets minder snel dan hij had gedacht. Haar haar werd geverfd. Hij grinnikte. Die mededeling zou haar moeder haar vast niet in dank afnemen. Hij kende het gevoel van toen Laurens een zakenrelatie adviseerde op een ander moment te bellen omdat zijn vader er weliswaar was, maar absoluut geen gezeur aan zijn kop wilde. De man had er verschrikkelijk om gelachen, hijzelf als een boer die kiespijn heeft.

Oké, Lotte zou terugbellen. Intussen zocht hij het nummer van de visboer op en toetste het in het geheugen van zijn mobieltje. Waar hij morgen ook was, er kon besteld worden.

De telefoon ging over. Hij zag in de nummermelder dat zij het was.

'Hou je van vis?' vroeg hij.

'Heerlijk! Ik heb laatst nog slibtongetjes gegeten. O, dat was toen we elkaar op de rolband tegenkwamen.'

Hij knikte tevreden. 'Dus een mooie zeetong is wel aan je besteed?'

'Zeetong? Poeh, daar zeg je me wat. Nou en of.'

'Kun je morgenavond?'

Eigenlijk wilde ze van de koopavond in de stad gebruikmaken om naar een zomerrok te kijken. Maar dat kon een andere keer natuurlijk ook.

'Ja, ik kan. Ik heb niets speciaals.'

'Dan bel ik morgen de visboer. Laatst zag ik er zo'n prachtige kanjer in het ijs liggen. Vandaar... Ik hou het verder eenvoudig, hoor.'

'Met wat sla erbij?'

Hij antwoordde automatisch wat hij en zijn jongens steevast zeiden als ergens sla bij geserveerd werd. 'Die koude troep? Nee, zeg.'

Lotte schoot in de lach. 'Sla is een echte vrouwengroente. Salade niçoise, hou je daar wel van?'

'Alleen als het bloedheet is. Ik bedoel, de temperatuur buiten.'

'Ik laat het graag aan je over. Zeetong, daar doe je me een groot plezier mee. Ik verheug me erop! Hoe laat mag ik komen?'

'Als je thuis komt van je werk, dacht ik zo.'

'Akkoord.'

Dat is dat, dacht Ard toen ze neerlegden. Hij keek in de voorraadkast of er afbakstokbrood was. De witte bourgogne legde hij in de koelkast. Ook voldoende boter was er. Sla, dacht hij, kom nou. Met brood kun je lekker de boter opdeppen. Maar daar worden vrouwen natuurlijk dik van. Mannen ook, maar die draven niet door. Die drinken gewoon een week geen bier of wijn. Punt uit, klaar is Kees.

Daardoor moest hij denken aan de moeder van die jongen die bij zijn zoons huurde. Die paste zelf bijna in de kinderkleding uit haar eigen winkel, zo slank was ze. Eigenlijk mager. Het was dat ze een leuk gevoel voor humor had. En lachen samen is ook wat waard. Maar verder was ze zo'n type dat zich na twee hapjes van het stukje vis, van het krokante korstje ontdaan, en één gierig stukje stokbrood, op de belachelijk grote schaal met broccoli of sla stortte, de parten tomaat eruit viste of aan een rauwe wortel begon te knagen. Nee, die moest hij niet dagelijks aan tafel.

Voor ze die avond ging slapen, neusde Lotte in haar kledingkast naar iets geschikts om zeetong in te eten. Stom dat ze niet meteen naar een rok was gaan kijken. De nieuwe collecties waren al weken in de winkels, het leukste was er vast al uit.

Maar voor een zomerrok had ik het te kil en regenachtig gevonden, troostte ze zichzelf. Het ziet er bepaald niet naar uit dat het morgenavond weer is om een aperitiefje in de tuin te drinken.

Ze trok een dunne zwarte pantalon met wijde pijpen tevoorschijn. Die zat lekker ruim in de taille, fladderde wel, maar ruiste helaas niet.

Niets aan te doen.

Ze hing de broek alvast aan de kastrand. Het roomkleurige bloesje dat er eigenlijk bij hoorde, vond ze te deftig. Was zwart dat trouwens ook niet? Niet met een simpel zwart T-shirt en voor in de hals de bloedkoralen halsketting van haar moeder. Bescheiden, veilig en verzorgd. Vrouwelijk, met hoge hakken eronder. Instappertjes stonden meer *casual*. A propos, was *casual* niet juist geschikt voor de vrijdagavond? Op kantoor was het een tijdlang gewoonte geweest om op vrijdag makkelijk gekleed te gaan. Zomaar weer was die gewoonte verdwenen en hing het als vanouds van de afspraken af of je zakelijk gekleed ging of minder formeel.

De instappertjes zaten lekkerder dan de hoge hakjes.

Ze waren bijna even oranjerood als de bloedkoralen.

Maar lopen of staan deed je niet als je zeetong at. Wat dat betreft konden de hoge hakjes ook.

Idioot om zo te twijfelen over schoenen die alleen maar onder tafel zijn!

Behalve als je binnenkomt. Even naar het toilet gaat. Meeloopt om iets te bekijken.

Lotte merkte dat ze de uitnodiging op die manier steeds spannender maakte.

Stop, dacht ze. Met beide voetjes terug op de grond. Wat zou je een andere vrouw in deze situatie adviseren?

Ze had haar antwoord klaar. 'Trek toch aan waarin je je goed voelt!'

Maar dat is het 'm juist, wat is goed? Je voelt je niet goed als je in een gezelschap *overdressed* bent, ook al zijn het kleren waarin je je anders goed voelt. En al helemaal niet als je *underdressed* blijkt te zijn, hoe happy je je ook voelt in je oude spijkerbroek.

Haar blik gleed langs de broek, het shirtje, de ketting en de twee paar schoenen.

De instappertjes stonden aparter. Pittiger. Ze gaven het vrolijke accentje waarvan ze hield.

Ze trok ze aan en liep even heen en weer. De zolen waren van leer. Misschien dat ze toch kwiek konden klikklakken?

Ze probeerde het uit op de badkamervloer. Het geluidje stemde haar tevreden.

'Klaar is Kees,' mompelde ze. 'Dit is geregeld. Nu blijft er morgen tijd over voor een snelle douche en frisse make-up. Prettig dat mijn haar op kleur is.'

Zittend op het voeteneind van het bed keek ze naar de kleren aan de kastrand. Het was aardig zo. Ze moest het niet te goed willen doen, dat maakte alleen maar nerveus.

En waarom zou je, vroeg ze zichzelf.

Omdat ik hoop dat er na dit avondje een tweede volgt, antwoordde ze.

Dan kun je het beste jezelf zijn, wist ze. Mooier of beter hou je toch niet vol.

Wat vind je nu echt van hem, dacht ze voorzichtig. Wat vind je leuk? En wat verwacht je?

Ze stelde zich die vragen zo bescheiden dat ze vond dat ze het antwoord schuldig mocht blijven.

11

Toch prepareerde ook Ard nog wat dingen voor hij die avond ging slapen. Het draaide bij hem alleen om de toestand in de keuken. Annebeth zette nogal eens de dingen op een andere plek terug dan hijzelf. Bijvoorbeeld, de zeef om de bloem vrij van klontjes over de vis te stuiven, vond hij terug in de braadpan en niet in het vergiet. Verder leek het hem handig alvast de pan de voorbehandeling met olijfolie te geven die op het karton stond.

Waren er trouwens nog citroenen in de koelkast? Moest daarin de wijn toch niet een verdieping lager? Het was natuurlijk nog lang licht, dus kaarsen hoefden niet. Er waren nota bene drie pakken, en dat met de zomer in het verschiet. Maar nee, kaarsen bij een wit dinerlaken was te veel van het goede. Weg daarmee, want een wit dinerlaken is verplicht. Een goudbruine zeetong serveer je niet op placemats.

Wel lag het keurig door Annebeth gestreken dinerlaken op de goede plek in de kast. De wijnglazen konden een poetsbeurt gebruiken, net als het bestek dat in de vaatwasser nogal vlekkerig werd.

Hij overzag de boel op de eetbar. Alles onder controle. Nu moest de visboer wél zeetong hebben.

Die had de visboer niet, bleek toen hij er de volgende dag telefonisch naar vroeg. Veel te duur om handel in te hebben. Wel was er prachtige tarbot. Gunstig geprijsd, de vangst was groter dan gewoonlijk. 'En laten we wel wezen, meneer, tarbot evenaart zeetong. Sommige kenners vinden hem zelfs veel fijner van smaak,' aldus de visboer.

Thuis bekeek Ard de vis nog eens goed. Nogal een ander model dan een zeetong had het beest, korter en hoger. Hij hield hem boven de pan en zag dat hij paste. 'De procedure is verder dezelfde,' mompelde hij. 'Rustig bakken. Niet te lang, niet te kort. Even met de lepel bij de graat duwen om te zien of hij gaar is.'

Hij dekte de tafel en zag dat er in principe tijd genoeg was voor een douche, ervan uitgaande dat er op de meeste kantoren op vrijdag na vijven geen kip meer zat. Hij wilde de visgeur kwijt die hij leek te hebben meegenomen uit de winkel, en zich scheren. Zijn pak uit en een trui aan.

Om vijf uur hield Lotte het op kantoor voor gezien, een half uur voor tijd. Echt effectief werken was er op de vrijdagmiddag de laatste jaren niet meer bij. Ze kon het er wel op wagen. De hele middag was ze de enige op de pr-afdeling. Karin had haar oudedamesdag. En ook de assistentes werkten op vrijdag om en om tot de middagpauze, maar die van Karin was ziek en haar eigen assistente moest naar het afzwemmen van haar zoontje.

Ze belde naar de receptie om hun afdeling af te melden voor het geval er toch nog telefoon kwam, en controleerde of alles uit stond wat uit moest. Al met haar jas aan legde ze de concepttekst voor de fotowedstrijd op het bureau van Karin en gaf ze nog even snel de planten in de vensterbank water.

Waarmee ook voor haar het werk was afgesloten. Laat het weekeind nu maar beginnen, dacht ze op de trap. Ze bedoelde eigenlijk dat de avond kon beginnen.

Bij de receptie stond een groepje van het personeel te wachten. Lotte groette, herinnerde zich dat er een dineetje was van de administratieafdeling, wenste iedereen een gezellige avond en lachte stilletjes om hun 'hetzelfde!'

En opeens besefte ze dat het inderdaad om een gezellige avond ging. Om niets meer en niets minder. Natuurlijk hoopte ze dat het eten lukte, dan was je vanzelf ontspannen, kletste je met elkaar over van alles en nog wat.

Alleen per se en absoluut niet over ánder eten dan je op je bord had. Wat had ze een hekel aan mensen die over speciale recepten begonnen terwijl ze je liefdevol bereide kippenstoofpotje voor hun neus hadden staan en er geen idee van hadden wat het scheutje witte wijn bijdroeg aan de frisse romige smaak. Vooral vrouwen hadden daar een handje van. Die begonnen er ook over of ergens wel gezonde vetzuren in zaten en dat je een bepaald product alleen al om de vitaminen moest eten, lekker of niet, maagpijn of niet, diarree of niet.

Geïrriteerd raakte ze daarvan. Tineke was zo'n voorbeeld. Kort geleden had ze maar eens duidelijk gezegd dat ze het vervelend vond. Dat haar smaak van het gerecht verdween als ze zich moest voorstellen hoe de vetten haar aderen ontzagen, of dat het beter was de rauwkost vooraf te eten. Tineke proefde ook niet. Ze voedde zich, met gezonde dingen, omdat het van de overheid moest. En koken kon ze niet.

Met een huivering van afkeer dacht Lotte terug aan de lillende, van olijfolie druipende en enigszins ranzig smakende moot inferieure zalm die Tineke haar eens vanwege de omega-3-vetzuren met een stronk praktisch rauwe van de anti-oxidanten barstende broccoli had voorgeschoteld.

Intussen reed ze trouwens wel al op de buitenweg naar huis.

Ard maakt de indruk van lekker eten te houden, dacht ze. Het bewijs daarvan vond ze in de stelling dat als een man vis bakt, hij van lekker eten en koken houdt. Hoewel de kleffe cake dat tegensprak. Maar, nee, die werd met zorg bereid! Uit het feit dat er satéstokjes aan te pas kwamen, viel toch af te leiden dat er zorgvuldig en met aandacht te werk gegaan werd.

Ook al was ze een half uur eerder thuis dan gepland, ze dook meteen onder de douche en hield het tempo erin bij het aankleden en opmaken. Toen pas keek ze naar de tijd.

Tien voor half zeven, was dat een goede tijd om van huis te gaan?

Half zeven was beter, besliste ze.

Ze liep wat heen en weer door de kamer.

Was het aardig om iets mee te nemen voor de gastheer?

Ja, natuurlijk! Wat stom dat ze daar nu pas aan dacht! Behalve wijn had ze geen mannencadeautjes in huis. Wijn was natuurlijk wel passend. Rode, anders voelde hij zich misschien verplicht háár wijn te serveren. Ach, nee, corrigeerde ze zichzelf, want een witte moet eerst gekoeld worden.

Dat kwam dan mooi uit, want de rode die er nog in de gangkast was kon je met goed fatsoen niet cadeau geven. Het was een krijgertje, en van ondermaatse kwaliteit qua smaak en waarschijnlijk een topper voor het krijgen van maag-darmklachten. Dan was de Chablis een prachtige oplossing.

Al met al sloeg de klok in de kamer het halve uur. Ze moest weg!

En dan nog iets, liep ze via de Wilgenlaan of via de tuin? Via de Wilgenlaan betekende dat de fles in een tasje moest. Je kon toch moeilijk met een fles wijn in je hand over straat. Het leek überhaupt wat overdreven om die route te nemen. Zo officieel.

'Kom op,' zei ze ferm, 'we gaan kruip-door-sluip-door. Leuk!'

Leuk was het maar tot tussen de populieren. Daar pas realiseerde ze zich dat ze niet had opgelet in de tuin van Ard hoe daar de erfafscheiding was. Was er een hek of een heg? Hoe waren ze vanuit zijn tuin eigenlijk tussen de populieren beland?

Er was zowel een hek als een heg. Het hek was nagelnieuw, het hout ervan geurde, het gaas glansde. De heg vertoonde een opening. Ze wist het weer. Ploeter had dat gat gemaakt. Ard had dat verteld toen hij het restant van de struik met kluit en al een stukje opzij had gehouden om haar erdoor te laten. En dat er dus voor de volgende logeerpartij van de hond een hek moest zijn, wachten op het opgroeien van een liguster was natuurlijk onzin.

Er zat niets anders op dan terug te gaan, de fles in een tasje te doen en keurig over straat naar de Beukenlaan te lopen. Het was maar goed, vond ze, dat niemand haar kon zien. Buurvrouw gaat stiekem met een fles wijn door de achtertuin bij buurman naar binnen. Giechelend liep ze terug naar huis.

Net toen Ard z'n marineblauwe lievelingsshirt uit de inloopkast pakte, speelde in de slaapkamer zijn mobiel het oproepdeuntje. 'Nou niet afbellen, Lotte,' zei hij voor zich uit, 'die tarbot is wel voor drie man genoeg. En dan heb ik het over mannen, niet vrouwen.'

Maar het was Victorine. Die wél afbelde. De voorstelling voor de volgende avond waarvoor ze kaarten had. Hij was het eerlijk gezegd glad vergeten. Dat zei hij ook, want ze kenden elkaar al zo lang dat ze niet hoefden te doen alsof. Waardoor hij kon vragen om wélke voorstelling het ook alweer ging en waar het was. Ondanks de griep deed Victorine hem dat uitgebreid uit de doeken, met de namen van de belangrijkste spelers, de regisseur en natuurlijk een inleiding over de schrijver van het stuk.

Onderwijl keek hij naar buiten. Een tijdje zweefde er een meeuw boven zijn tuin. Er landde een dikke duif op het gras. En nog een. Opeens vlogen ze op. Ard keek of er een kat rondsloop. Hij had ontdekt dat de lege hondenkennel enorme aantrekkingskracht had op de buurtkatten. Terwijl Ploeter geen milligram hondenbrok achterliet!

Toen zag hij een schim tussen de bomen achter de heg. Hij keek scherper, herkende Lotte en schoot in de lach.

Leuk mens om door de tuin te komen! Ze wist natuurlijk niet van het hek. Eroverheen klauteren was natuurlijk onzin. Nu moest ze omlopen. Wie weet moest er te zijner tijd een poortje in!

Victorine vroeg waarom hij lachte.

'Zenuwen,' zei hij. Tegen Victorine kon je altijd wel onzin zeggen. Dat deed ze zelf ook als ze niet wist wat het juiste antwoord was.

'Maar duik jij nu maar vroeg je bed in,' raadde hij met serieuzer stem aan. 'Wie weet ben je dan morgenavond tóch beter.'

Dat zag ze absoluut anders. Ze wist heel zeker dat het helaas een kwestie zou worden van uitzieken. Hij kon de kaarten bij de kassa ophalen. Ze waren betaald en stonden natuurlijk op haar naam. In dat theater reserveerde men geen plaatsen. Ze raadde hem aan er bijtijds te zijn en dan voor het balkon te kiezen waar de akoestiek maakte dat de stemmen veel beter…

Om een eind aan het gesprek te maken onderbrak hij haar met de mededeling dat er aan de voordeur werd gebeld. Wat niet is zal komen, dacht hij ter vergoelijking van de onwaarheid. Onbegrijpelijk vond hij het dat Victorine toch nog van alles vertelde terwijl ze naar eigen zeggen hondsberoerd was.

Hij schoot het shirt over z'n T-shirt aan, knoopte het dicht en sloeg de manchetten een paar keer om.

Het duurde toen nog tien minuten voor er inderdaad aan de voordeur werd gebeld.

'Hé hallo, lekker bijtijds ben je,' zei Ard toen hij half bukkend de

114

deur opendeed omdat er een tas in de weg stond.

'Hai! Niet te vroeg?'

'Welnee. Je had nog eerder kunnen zijn als er een poortje in het hek was,' zei hij met een brede grijns.

Lotte pakte toen net de fles uit het draagtasje en overhandigde die. 'Een Chablis. Lekker, vind ik. Maar niet voor nu, dat snap je.'

'Nee, hij mag de koelkast in. Een goede keus! Dank je wel.'

Ze keek op. 'Je hebt me dus achter de tuinen gezien. Betrapt ben ik. Ik dacht slim te zijn.'

Hij deed de deur achter haar dicht. Ze hoorde hem lachen. 'Het is natuurlijk ook stom dat je moet omlopen.' Grinnikend maakte ze een vervolg op zijn woorden '… en daarom gedwongen was thuis eerst een geschikt draagtasje te pakken voor de wijn, want om nu met een fles over straat te gaan… en toen bleek de wasmachine nog aan te staan. Afijn, dit tasje vond ik geschikt, het is van een boekhandel. Er lagen allemaal stomme tasjes bovenop. En wijn past wel bij boeken maar niet bij, bijvoorbeeld, een goedkope damesmodezaak.'

Ard hield de tas omhoog die hij net had opgeraapt. 'Of bij scharnieren, schroeven en bouten.'

Lachend liepen ze naar de eetkeuken.

'Of eerst een drankje in de kamer?' vroeg hij.

Ze schudde met haar hoofd van niet. 'Zo deftig.'

'Jij zit ook liever met mensen in de keuken?'

Daarover praatten ze terwijl hij een fles uit de koelkast pakte. 'Dit is een bijzondere sherry. Op een keer laten aanpraten door de drankenman. Van een klein wijngoed. Moet koud geserveerd worden. Lekker bij olijven en tapas. Maar die heb ik niet.'

'Maar wel zeetong,' zei Lotte.

'Ook niet. De visboer had ze vanwege de prijs niet ingekocht. We eten tarbot.'

Lotte kreeg er een kleur van. 'Tarbot!' herhaalde ze.

Karin ook met haar tarbot. Vanmorgen nog had ze haar ermee geplaagd toen zij, Lotte, voor het gemak had verteld die avond een gebakken visje te gaan eten bij Ard. Zeetong klonk meteen zo serieus, gebakken vis veel nonchalanter. Alsof je uit het vuistje at met een likje knoflooksaus.

'Zie je wel dat hij straks tarbot voor je staat te fileren?' had Karin uitgeroepen. 'Ik dacht het al!'

'Je kent tarbot?' vroeg Ard.

'Alleen in restaurants gegeten. Nooit zelf bereid. En dan in fraaie filets kant en klaar op mijn bordje.' Ze kreeg er een droge mond van.

'Hij ligt om op temperatuur te komen in de bijkeuken. In de keuken ruikt het er anders misschien naar, ofschoon verse vis niet ruikt. Maar toch... Wil je zien hoe hij er in het echt uitziet?'

Ze keken. Ard vertelde wat de visboer had gezegd. En over de pan uit de kookwinkel, over de goede ervaringen van Michiel met de pan, en hoe en in welke richting je het gare visvlees het beste van de graat kon lichten.

'Dat laat ik graag aan jou over.' Lotte was niet meer bang dat het er giechelig uit zou komen.

Ze gingen terug naar de eetkeuken waar hij de sherry inschonk en de fles in de vensterbank zette. Om de hals bungelde een priegelig klein wedstrijdformuliertje voor een nieuwe slagzin, zag Lotte. Staand toostten en proefden ze.

'Heerlijk,' was hun beider oordeel.

Lotte trok het formuliertje los en las het. Intussen vertelde ze wat er allemaal vastzat aan dit soort wedstrijden, en dat ze de afgelopen dagen nogal in de weer was geweest met de spelregels voor de fotowedstrijd. Dat zoiets aan allerlei wettelijke voorschriften moest voldoen en dat ze hun wedstrijd had laten toetsen door de jurist die bij hen in dienst was.

'Ik mag dit dingetje wel meenemen?' Ze stak het in haar broekzak. 'Hoe zag jouw werk er de laatste tijd uit?'

Al pratend merkte Ard dat hij het leuk vond om zomaar te vertellen over wat hij onderhanden had. Dat verbaasde hem een beetje. Over het werk moest onderling al genoeg gepraat worden, in zijn vrije tijd had hij het liever over andere dingen.

Maar nu legde hij met plezier in grote lijnen uit met welk project hij bezig was. Het betrof een zorgcentrum dat deels gesloopt en herbouwd werd en deels gerenoveerd en zelfs gerestaureerd. De bewoners waren tijdelijk op het terrein gehuisvest in noodwoningen, een situatie die vanzelfsprekend zo kort mogelijk moest duren. In dit geval ging het dus om meer dan kostenbesparing bij de bouw. Het was zijn taak dat te realiseren.

Wat aardig was, het oude gebouw was een monument en het alleroudste deel ervan moest behouden blijven. Bij die restauratie was hij ook betrokken en dat betekende dat hij de markt afzocht naar specifieke vakmensen, ouderwetse ambachtslui, die snel inzetbaar waren, iets wat nooit eerder op zijn pad was gekomen.

Hij dronk zijn glas leeg en zette het op tafel neer. Lotte nam een stoel. 'Sorry,' zei hij, 'ik had je een stoel moeten aanbieden.'

'Welnee,' vond Lotte. Van de weeromstuit stak ze een voet omhoog. 'Ik draag geen naaldhakken!'

Ze deed het zonder na te denken. Toch viel haar op hoe vrolijk het instappertje onder de zwaaiende pijp van de broek uitkeek. Ze moest erom lachen.

Ook Ard deed iets zonder erbij na te denken. 'Hartstikke leuk dat rood!' zei hij. 'Daar hou ik van, van een klein maar opvallend accentje. Net als die ketting.'

'Vandaar je paarse sjaal,' constateerde Lotte.

'En dit shirt.' Hij wees op de knoopjes. 'Er loopt een streepje door!'

Lotte moest iets dichterbij komen om het te kunnen zien. Zij rook zijn frisse badgeurtje. Hij het hare. Van de weeromstuit glimlachten ze naar elkaar.

Ard had er geen bezwaar tegen dat Lotte toekeek bij het bakken van de vis. Daar werd hij niet zenuwachtig van. Ze proefden intussen de Bourgogne en Ard vertelde fragmentarisch over Ierland. Dat hij er meer voor de rust en de schoonheid van het landschap kwam dan voor het vissen zelf. Peter, zijn visvriend, trouwens ook. Er waren fanatiekelingen bij! Nederlanders én Ieren. Maar ook leuke kerels, met wie het goed doorzakken was. Hun Ierse vrienden hadden het laatste tripje tot een feest gemaakt. Geen visje gevangen, wel een mooie wandeltocht gelopen op een schiereiland. Bij het tegenbezoek wilden Peter en hij er ook iets speciaals van maken. Hoe en wat kwam niet aan bod want toen moest de tarbot worden gekeerd.

Wouw, daar ging hij. Prachtig goudbruin gebakken was de onderkant, en daardoor verplaatste het gesprek zich naar Frankrijk, want Ard zei dat een vriend van hem zou zeggen dat die vis net een Nederlandse bouwvakker op vakantie in Frankrijk was. Hij legde uit dat die vriend in een zomervakantie zijn huis in de Vogezen had helpen restaureren en roetbruin was geworden. Dat het gastenverblijf daar gereed was en dat hij daarom niet meer steeds met gasten aan tafel hoefde te zitten, en zij niet met hem.

'Dat laatste komt uit de mond van mijn zoons,' zei hij lachend.

Intussen spetterde de vis kalm in de boter, zoemde de afzuigkap, piepte de oven dat het stokbrood klaar was en schonk hij hun glazen bij.

'Ard, waar komt jouw achternaam eigenlijk vandaan? Banckert met een c en een k, dat is vast bijzonder.'

'In de familie gaat de ronde dat we nazaten zijn van een admiraal uit de tijd van de Engelse oorlogen…' Hij keurde de gaarheid van de vis en zei iets over zijn opa en de koffieplantage.

Lotte sneed intussen het stokbrood. 'Oké, die is gaar. We gaan hem soldaat maken.'

De sputterende pan kwam op de broodplank, het stokbrood schoof hij ernaast. Met een lachkriebel in haar keel keek Lotte toe hoe een stevige mannenhand met een omgekeerde lepel het visvlees van de graat oplichtte en het met een vork erbij dubbelvouwde.

Dit overkwam haar echt! Karin moest eens weten dat… Opeens overviel haar een mengeling van verlegenheid en ontroering door die zorgvuldig bewegende mannenhand. Die deed iets speciaal voor haar! Ze wist er even geen raad mee en keek maar strak naar haar bord. Daar lag opeens een schitterend pakketje blanke vis met een goudbruin korstje. De hand pakte de pan weg en schoof de sneetjes stokbrood dichterbij. Ze moest even diep ademhalen voor ze kon opkijken. Hij ging net met een vergenoegd gezicht zitten. 'Fantastisch,' kwam zomaar uit haar mond waardoor het onwezenlijke gevoel van daarnet weg was en de vrolijkheid weer terug.

Ze hieven hun glazen en toostten op het vervolg van de kennismaking. En nog een keertje op de vis. Nieuwsgierig begonnen ze te eten.

Natuurlijk was de vis verrukkelijk. Wat wil je, vers gevangen, hup de pan in. Het verse stokbrood met de braadboter was eveneens verrukkelijk. Maar een knapperige frisse salade, waarin wat kappertjes of een paar zwarte olijven en enkele dunne sliertjes rode ui, zou niet misplaatst zijn, dacht Lotte toen Ard opmerkte dat hij ooit zeekraal bij vis had geserveerd maar dat hij dat zoute spul nooit meer zou kopen.

Zo passeerden er meer etenswaren de revue die ze vonden tegenvallen en dus niet meer kochten. En van het een kwam het ander, dingen die ze zélf nooit meer zo zouden doen. Dat begon met luchtige zaken als snel, snel een cake bakken in de magnetron (een en al narigheid) en eindigde zowaar met fouten die je als mens in een relatie maakt.

Niet dat ze zwaar op de hand zaten te bomen. Welnee, daarvoor zaten ze veel te lekker te eten. Maar ze hadden er nu eenmaal de leeftijd voor. Geen moeite doen je te verdiepen in iets wat de ander interesseert, noemde Lotte moeiteloos.

Dingen voor vanzelfsprekend nemen, zei Ard met een handgebaar erbij alsof die dingen inderdaad *peanuts* waren.

Hij had het in de toenmalige rolverdeling nu eenmaal niet zo normaal moeten vinden dat de boel thuis goed liep. Meer aandacht moeten hebben voor het gesjouw en gedoe. Maar Ella voor het feit dat hij voor het inkomen en talloze andere dingen zorgde.

Maar hoe breng je de theorie in de praktijk? Dat is natuurlijk het punt. Neem die interesse en aandacht. Waarom blijven die niet? Wen je zelfs daaraan?

Want in principe vond je die persoon ooit zó speciaal en sympathiek dat het vanzelf ging. Was hij of zij nu zo ontzettend veranderd dat je hem of haar ging haten? Nou, dan had je dat indertijd nogal verkeerd ingeschat. Dus kon je je ook afvragen wat er veranderd was bij jezelf.

Hij fileerde een tweede portie vis. Lotte stelde voor een kaars aan te steken. Omdat het buiten nogal somber weer was, was het al schemerig aan het worden. Ze stond al op, ze had de kaarsen in de bijkeuken zien liggen. Ard keek haar even met een brede grijns aan en ging toen op zoek naar een speciale kandelaar. 'Wat even kan duren, want mijn hulp zet de dingen nogal eens op een verkeerde plaats terug.'

Het was een kandelaar voor drie kaarsen. Terwijl zij de kaarsen aanstak, legde hij de visfilets uit de pan op de borden. Om stof tot praten zaten ze intussen niet verlegen.

Ard nam het laatste stuk vis. Lotte keek voor het eerst met meer durf toe. Stevige handen had hij. Aandachtige bruinachtige ogen. Een goedgeschoren fris gezicht. Hij was een echte Hollander. Groot maar niet dik. Van middelbare leeftijd maar actief en vlot in zijn bewegingen. Hij genoot van het eten. Glimlachen moest ze daardoor.

Hij schatte hoeveel wijn er nog in de fles was en keek haar vervolgens vragend aan. Ze zwichtte.

Toen zij een slokje nam, voelde ze hem naar haar kijken. Ze keek hem aan.

'Wat heb jij mooie lange wimpers,' zei hij constaterend en zonder ook maar een zweempje van gevlei. 'En je hebt blauwe ogen. Grappig voor een brunette. Hé, ik heb kaarten voor een toneelvoorstelling voor morgenavond. Kun je mee?'

'Enig!' riep Lotte uit voor zijn compliment haar verlegen kon maken. 'Ik ben jarenlang niet naar een theater geweest. Heb geen idee van de stukken die tegenwoordig worden opgevoerd. De namen van acteurs en actrices zeggen me maar weinig. Alleen…'

Tot haar eigen stomme verbazing zei ze dat ze eigenlijk haar ouders wilde bezoeken en tevoren voor boodschappen naar de stad moest. Plus dat ze beloofd had Marije te helpen met schoonmaken omdat zijzelf nu hulp had, en Marije alles in dat boerderijtje naast haar werk in haar eentje moest zien te klaren.

Vol ongeloof hoorde ze die hele riedel aan. Waar haalde ze het vandaan? Ze was helemaal niet van plan naar haar ouders te gaan. Die boodschappen in de stad behelsden niet meer dan het kijken naar een zomerrok. En ze had haar hulp weliswaar aan Marije aangeboden, maar er was niets beloofd. Zelfs was er niets gezegd over een eventueel moment of tijdstip. Ze zat gewoon te liegen!

En desondanks kon ze Ard blijven aankijken. Daardoor ving ze de glimp van teleurstelling over zijn gezicht op waar ze kennelijk behoefte aan had. En meteen begon ze hardop haar verplichtingen te relativeren, voor ze het zelf wist!

'Naar mijn ouders kan ik ook zondagavond gaan. Misschien zelfs beter, want op zaterdagavond is er nogal eens een filmvoorstelling in de koffiekamer.' Exact de reden waarom ze nooit of te nimmer op zaterdagavond kwam want haar ouders sloegen geen film over, het bezoek moest doodleuk mee!

'En als ik nu na het boodschappen doen meteen doorrijd naar Marije... in een uurtje doe je samen veel... als Marije tenminste niet voor een collega moet invallen in de hotelreceptie want...'

Dat moest Marije zeker. Het stond nota bene vast want de betreffende collega had al weken geleden de dienst met haar geruild vanwege een bruiloftsfeest.

'Dus dan kan ik wél!' riep ze vrolijk uit. 'Hoe laat begint het? Moet ik me bij jou melden?'

'Nee, zeg, ik kom je natuurlijk halen.'

Lotte legde spontaan haar hand op zijn arm. 'Enig vind ik het. Wat draag je tegenwoordig in het theater voor kleding?'

Ard lachte. 'Zoiets als je nu aan hebt.'

'Maar dat kan ik niet morgen ook aan!'

'Gemorst?'

Ze schaterden.

Ard stond op om de espressomachine aan te zetten. 'Jij toch ook?'

'Als ik dan maar een oog dicht doe,' zei Lotte.

'In kwaliteitskoffie zit amper cafeïne,' antwoordde hij.

Ze kwam een kijkje nemen bij de machine, maar eigenlijk keek ze niet naar de handelingen maar naar details, zoals naar een sterke onderarm en een omgeslagen manchet met een gestreept knoopje. Weer rook ze het frisse badluchtje.

'Het is natuurlijk te gek als ik nu jou vraag morgenavond een uurtje eerder te komen zodat we bij mij eerst iets eenvoudigs eten,' zei ze opeens.

'Waarom is dat te gek?'

'Nou zeg! Zo bot bovenop... eh... dit hier...'

Hij tikte eerst met zijn vinger de schakelaar in en draaide zich toen lachend naar haar om.

'Je hebt natuurlijk gelijk. Maar wie zegt dat het daarna niet weer jaren duurt...'

Hij schoof de twee kopjes rechter onder de straaltjes koffie.

'Dat hoop ik niet,' flapte Lotte eruit.

Hij tikte de schakelaar uit. 'Kijk,' zei hij, 'dat wilde ik even horen.'

12

Er heerste al een bedrijvige drukte toen Lotte de volgende morgen het stadscentrum in reed. Het liep dan ook al tegen de middag. Wat was ze laat wakker geworden! Vast omdat ze geen klussen te doen had nu de extra werkster was begonnen. Haar inwendige klok moest zich er automatisch op hebben ingesteld.

Dat moest het wel zijn want het was 's avonds niet laat geworden. Ze hadden nog een poosje zitten kletsen en daarna samen de boel opgeruimd. Dat ging zomaar vanzelf, zonder dat zij aanbood om te helpen, wat hij dan weer behoorde af te weren. Welnee, ze was gewoon de vaatwasser gaan inruimen toen hij de loodzware vispan naar de bijkeuken bracht om schoon te maken. Ze praatten gewoon door, ook toen hij daarna met spray de vetspatten op het fornuis te lijf ging en zij de glazen afwaste. Alleen toen zij het tafelkleed op het terras uitschudde, hadden ze elkaar niet kunnen verstaan.

Ze had er trouwens eventjes naar het lamplicht naast haar eigen tuindeur gekeken. Gebukt, want wáár was het nu precies? Was dat toch niet de lantaarn bij de buren? Het viel nog niet mee om vanaf zijn terras de boel bij haar te bespieden. Het beste kon je gaan zitten. De vensterbank van de woonkamer leek geschikt, maar was toch nog te hoog. Beter was het om op je hurken te gaan.

Nou, dacht ze, alleen een doorzetter heeft dat voor een blik op mijn huis over.

Binnen sloot Ard toen de gordijnen aan de straatzijde. Ze hadden nog wat cd's bij de geluidsinstallatie bekeken en hij had een riedeltje van een paar seconden op de piano gegeven. Toen had ze zomaar gevonden dat het juiste moment was gekomen om naar huis te gaan. Niet blijven hangen omdat het zo ontzettend gezellig is, had ze gedacht. Gewoon nú zeggen: 'Ard, het was heerlijk, ik heb gesmuld. Ontzettend gezellig was het ook, wat mij betreft voor herhaling vatbaar. Heel hartelijk bedankt. Ik ga naar huis en zie je morgen zo omstreeks zes uur verschijnen. Oké?'

Daaraan dacht ze, nu ze maar langzaam opschoot in de lange rij auto's richting centrum. En ook gaf ze zichzelf een compliment dat ze het niet bij woorden had gelaten. Het bewijs dat ze wat had opgestoken van de ervaringen uit het verleden! Want door niet te blijven plakken, drink je niet nog dat zogenaamde ene extra glaasje. Ga je niet zwetsen over het verleden en je toekomstdromen. Komt er geen afscheidszoen die van kwaad tot erger leidt, hoef je niet met een smoes te vluchten, slaap je lekker in je eentje zonder schuldgevoelens en kun je de ander later recht in de ogen kijken.

Dat gaf een goed gevoel. Dat het verkeer zo tergend traag ging deerde haar dan ook helemaal niet. De dag zag er daarvoor veel te vrolijk uit.

Bij een kruising liet ze met een glimlach en een uitnodigend armgebaar een auto van links voorgaan. Bijzonder ingenomen met deze geste negeerde ze het knipperende rode woordje 'vol' bij de oprit naar het parkeerdak. 'Dat zal wel meevallen,' zei ze ferm. En ja hoor, er was nog een smal plaatsje opengebleven tussen twee kolossale terreinwagens. Belachelijke dingen voor in de stad, dacht ze voor de vorm terwijl ze haar autootje er achteruit en met een elegant boogje keurig tussenin zette. Een terreinwagen, alsof we hier prairies en woestijnen hebben. Maar ieder zijn meug en mooi dat haar kleine uk daardoor een plekje had!

Ze wrong zich de auto uit, liep als het ware met ogen in haar nek tussen de gevaarlijk onverwachts manoeuvrerende auto's door en maakte het joviale gebaar van gerust alle tijd te nemen naar een automobiliste die het niet leek te lukken uit haar parkeerplek te rijden. Ze pakte gelijk het gevallen autosleuteltje voor een bejaarde heer op en liet een vreselijk opgedoft ordinair stel voorgaan bij de deuren naar de rolband. Daar lachte ze guitig naar een krijsende kleuter die op de arm van zijn papa omhoog ging. De getergde vader leek haar met zijn blik te willen wurgen.

Het was daardoor dat het tot haar doordrong dat haar kijk op de dingen misschien iets te zonnig was. Ze deed er goed aan zich te matigen! Maar voor ze het wist lachte ze alweer tegen een vrouw die beneden moeizaam een overvolle supermarktkar de rolband op duwde. 'Wat een gesjouw toch elke week met die boodschappen,' zei ze er nota bene meevoelend bij. De vrouw keek geshockeerd de andere kant op.

Ondanks haar ijzeren humeur vond ze niet veel soeps bij de rokken in de gangbare kledingwinkels. Het waren of oudedamesrokken, door de voeringrok met een ziekenzusterkuise ruis, of doorzichtige zigeunerachtige jongemeidenflodders. Toen ze er voor de grap toch een paste, verging zelfs haar het lachen. Dik dat ze erin was! Uit dat ding! Gelukkig had niemand van het jonge personeel haar de paskamer in zien gaan. 'Staat het leuk, mevrouw?' Hemel, de risee van de dag stond in het pashok!

Op dus naar andere modellen. En meteen was de zonnige blik terug. Wat wil je na zo'n leuke avond, met een ongetwijfeld heerlijke avond in het verschiet. Als ze het toch jaren geleden zoals nu had aangepakt met een man... zo zonder de behoefte om aardig, mooi of bijzonder gevonden te worden... zonder het verlangen dat de betreffende man gek op haar werd, haar op een voetstuk plaatste en haar smeekte om zijn leven te delen... hoe zou het leven er dan op dit moment hebben uitgezien?

Maar die vraag was zinloos. Destijds had ze die behoeften nu eenmaal wel. En kennelijk krijg ik nu genoeg steun en bewondering van mezelf, dacht ze een beetje terloops. Dat het een belangrijke conclusie was, wist ze best, maar als je gelukkig bent maakt dat niets uit. Dan is het een vanzelfsprekendheid waar je niet van opkijkt. Wel verdiepte haar gevoel van tevredenheid zich er nog meer door.

Zó denken en doen volwassen, wijze mensen, dacht ze zelfvoldaan. Mensen zoals Ard en ik. Maar ook weer niet zo wijs dat het saai wordt. Want onze avond vloog om zonder een seconde verveling. Ze zag opeens weer voor zich hoe hij haar bij de tweede espresso met een glas kraanwater in zijn hand een multivitaminepil aanbood. Ze schoot weer in de lach. 'Waarom moeilijk doen met groentes die niet smaken bij zo'n vorstelijke vis en brood versmaden omdat het niet de geschikte voedingswaarden heeft?' hoorde ze hem weer zeggen.

Gelijk had hij. Wat deden vrouwen toch gecompliceerd en wat had ze zelf gecompliceerd meegedaan. Sinds ze haar gezonde verstand durfde te geloven en at waar haar behoefte naar uitging, was ze gezond als een vis en geen grammetje aangekomen. Daarom zat die plak cake laatst in de weg, omdat ze hem uit verlegenheid en niet uit trek had gegeten.

Eigenlijk was ze de laatste jaren gewoon het type dat ze als kind al was en hoorde te zijn. Mollig, maar niet dik. Punt uit, niets aan te doen, klaar. Als je er zó tegenaan keek, perste je gewoon zonder erbij na te denken na een vitaminearme dag een sinaasappeltje extra. Of je maakte een zalige vegetarische spaghetti met een saus van verse tomaten en zwarte olijven, een paar krullen parmezaanse kaas en gegrilde courgetteplakken. En aardbeien met honing en citroensap. Opgediend in een halve meloen of ananas. Daarbij een stevige toef met eiwit opgeklopte magere kwark.

Wat een mooi menuutje voor vanavond trouwens! Lekker, makkelijk, goedkoop en, oké, gezond op de koop toe. De ingrediënten ervoor kocht ze meteen. Hup, even de supermarkt in. Snel alles pakken tussen de mensen en karren door en, hup, er weer uit. Zeer zelfbewust want zíj serveerde háár keuze in de wetenschap dat hij het lekker vond. Daar was ze gisteravond immers mooi al babbelend achtergekomen.

Iets anders, stónd het soort rok dat ze zich voorstelde haar eigenlijk wel? Dat zigeunerding voorspelde niet veel goeds. Misschien maakten alle rokken haar dik. Niet alleen omdat ze mollig was, maar omdat haar middel en buik in de overgang op eigen houtje een ander leven begonnen waren en dat was bepaald niet hun tweede jeugd…

Als zij een rok droeg, moest er vast een getailleerd bloesje of jasje op. Iets wat haar romp de suggestie gaf van een vrouwenfiguur. Daarvan moest je het hebben na je vijftigste. Niet van je fraaie leest, swingende heupen of nieuwsgierig makend decolleté. Maar van je goede smaak, je verstand, je levenservaring, je wijsheid, geef het maar een naam, zong ze zichzelf desondanks zonnig toe. Ga nu maar gezellig iets passen. Neem de tijd en gun jezelf de leuke kleine winkeltjes achter de Botermarkt. Want voor het eerst sinds vele jaren voelde ze zich weer een echte vrouw. Dáár kwam natuurlijk haar goede humeur vandaan. Vast en zeker.

Voor de zekerheid checkte Ard de website van het theater, want de ervaring leerde dat des te uitvoeriger de informatie van Victorine was, des te minder het bij hem beklijfde. De beste plaatsen waren inderdaad op het balkon en het toneelstuk was weliswaar niet om te schateren, maar door de pers wel enthousiast ontvangen.

Onder het theater was een parkeergarage, maar dat wist hij. En om de hoek een café met de naam La Bandera, dat wist hij niet. Victorine kende altijd wel de goede adresjes om vooraf iets te eten of na afloop na te praten. Of niét goede, maar wél interessante adresjes vanwege de inrichting of een aldaar gehouden expositie. Ze zocht dat absoluut tot in details uit.

Bestelde kaarten konden tot een kwartier voor de voorstelling worden afgehaald. Verder stond vermeld dat het verplicht was jassen, paraplu's en grote tassen af te geven bij de garderobe en wat dat per stuk kostte. Voor in de pauze of na afloop konden statafeltjes voor maximaal vier personen gereserveerd worden bij de bar, mits er drankjes besteld en afgerekend waren. De drankjes stonden dan klaar, dat scheelde wachttijd.

Hij las het met opgetrokken wenkbrauwen. Het was nieuws voor hem. Victorine had hem met haar geregel lui gemaakt, besefte hij. Oké, omdat ze het nu eenmaal zoveel aardiger vond om met een man dan met een vriendin naar voorstellingen te gaan. Maar dan nog, hij mocht voortaan wel eens wat initiatieven nemen. Wat meer dankbaarheid tonen. Deze gemakzucht was bepaald die van een verwend man. Verwend ja, want zo groot was het aanbod mannen niet waaruit Victorine kon kiezen, anders voor hem zo een ander.

Dat geldt natuurlijk niet alleen voor haar, dacht hij. Het is in onze leeftijdsgroep universeel.

Er viel opeens een ander licht op de manier waarop hij tijdens en na zijn echtscheiding situaties met vrouwen was gaan aanpakken, een aanpak die hij bleef herhalen omdat het hem beviel. Afstand houden en niet of lauw reageren op hun initiatieven was verdraaid gemakkelijk in tijden van overvloed. Want de schrijver van dat stomme boekje had gelijk dat vele vrouwen op hem wachtten. Niet om zijn charme of verleidingskunst, maar omdat in het land der blinden eenoog koning is. Als hij bij wijze van spreken vandaag een beetje moeite deed had hij morgen een aardige vrouw te pakken. Schandalig.

In dat licht was zijn uitspraak dat hij geen zin had om te zoeken bepaald gênant. Het was maar goed dat Peter hem alleen meemaakte met vissen of klussen, en niet in kantoren, op recepties en bij sociale verplichtingen, anders had hij hem een blasé figuur gevonden, een verwaande aap.

Het werd tijd voor verandering. Maar eerst een terugblik naar situaties uit de afgelopen jaren. Hoe gedroeg hij zich, hoe pakte hij het aan?

Al bij het eerste voorval dat hem te binnenschoot, voelde hij weerstand en hoe hij zijn hakken in het zand zette toen die bepaalde vrouw hem door een blik of gebaar de kans bood contact te leggen.

En waardoor?

Omdat het er te dik bovenop lag en het allemaal te gemakkelijk was. Omdat hij die vrouw zélf niet zou hebben uitgekozen. Hij viel niet op die meiden, in termen van de jongens. Dat zíj hem wel zagen staan, kwam simpel door die schaarste want als hij in een rijtje van tien kandidaten had gestaan, zou hij met zijn grijze kop vast met de nek worden aangekeken.

Nu wist hij waar het mee te maken had. Met het ontbreken van oprechtheid en sympathie. Met het ontbreken van de wens van binnenuit om iets te willen. Met reageren in plaats van ageren. Om het concreet en prozaïsch te houden, zoals je niet die maaltijd kiest waarin je trek hebt maar die, die toevallig in de reclame is. Aha, zó was het dus gekomen dat hij op de rolband in het winkelcentrum aan Lotte vroeg of ze eens een hapje kwam eten.

Hij schakelde intussen de computer uit en ruimde wat spullen op.

En daarom stootte het idee van zo'n relatiesite me af, dacht hij. Omdat de vrouwen daar als het ware in de reclame zijn. Overdreven natuurlijk, maar ze komen ervoor uit dat ze op zoek zijn. Hun doel staat vast. Ze hebben jou uit een voorselectie gekozen. Als jij door die vrouw van tevoren al als een aantrekkelijke partij wordt ingeschat, stelt ze misschien onbewust wel haar eigen ideeën, meningen en voorkeuren bij. En als je besluit om het erop te wagen, moeten al die zaken weer worden teruggedraaid. Wat in de praktijk betekent dat jíj je moet gaan aanpassen.

Wat een argwaan! Wat een pessimistische of zelfs cynische visie!

'Kan wel zijn,' mompelde hij. 'Maar ik voel gewoon dat ik voor zo'n vrouw een soort van laatste strohalm ben. En ik loop intussen lang genoeg mee om te weten dat ik dát niet wens te zijn. Ze moet zelf happy zijn. En dat zie je niet terug in zo'n lief uitnodigend lachje dat opeens het zure mondje siert. En daarmee basta!'

Prompt knorde zijn maag. Want ook twee espresso's en een krant als ontbijt voeden niet. Toen hij beneden in de keuken een plak ham op een broodje legde, er mosterd op smeerde en er zijn tanden inzette, bedacht hij dat hij zich met Lotte wél vrij voelde. Er was geen poespas. Ze had hem niet nodig, ze had al een leven. Waarom zou je dan afstand houden? Nee, laten komen zoals het kwam. Elkaar informatie geven. Feiten, voorkeuren, stukjes geschiedenis. Daar was niets mis mee. Integendeel, zo ontstond er vriendschap.

Hij belegde een tweede broodje en at de overblijvende plak ham uit het vuistje. Na een glas lekkere koude melk tingelde hij wat loopjes op de piano en oefende hij voor de les van maandag de paar stukjes die hij van juf Els nu moest beheersen.

Het bleef moeilijk. Alleen het wijsje dat hij in de kroeg in Ierland tot vervelens toe had getingeld kwam er vlekkeloos uit. Toen hij er genoeg van had, belde hij Victorine om te vragen hoe het met haar ging, en naar zijn zoons om te horen hoe de zaken er daar voor stonden. Er schoot hem een onbeantwoorde mail van Peter te binnen, en dat de weersomstandigheden erom vroegen die avond een zomers jasje te dragen. Op de trap naar boven merkte hij dat hij het kroegwijsje neuriede.

Lotte verkleedde zich na het eten. Een te groot risico had ze het gevonden om te koken in haar uitgaanstenue. Pruttelende tomatensaus lukt het te vaak om zó te spatten dat er een pets precies naast je schort op je kleren terecht komt. En er mag geen deksel op de pan omdat de tomaten moeten inkoken. Voor de zekerheid had Ard toen het eten op tafel stond zijn linnen jasje uitgetrokken, want die slierten spaghetti konden er ook wat van! Voor ze begonnen, hadden ze nog even de voering van het jasje bewonderd. Zonde eigenlijk dat het prachtige zwart-witte streepje normaal gesproken verborgen bleef.

Boven liep Lotte een paar maal tussen de badkamer en haar slaapkamer heen en weer. Dat hoorde Ard. In de badkamer klik-klakte haar hakken. Op de overloop en in de slaapkamer moest vaste vloerbedekking liggen. Af en toe liep de kraan.

Hij waste intussen de glazen en de grillpan af. Voor hem gold nu de verbazing hoe alles in dit huis andersom was dan bij hem. En gespiegeld. Hij had de neiging een lamp aan te knippen in de eetkeuken en snapte nu waarom Lotte bij hem een kaars wilde aansteken. Dat was ze gewend. En het was verrassend hoe de woonkamer op dit tijdstip in het zonlicht baadde.

Hij keek daar eens rond. Waar zijn piano stond, was bij haar een lage kast met boeken, tijdschriften en cd's. Erboven hing aan de ene kant een compositie van vijf zwart-witlandschapsfoto's en aan de andere kant een van vijf kinderfoto's, ook in zwart-wit. Ertussenin stonden bloemen.

Hij liep terug naar de keuken toen hij haar de trap hoorde aflopen. 'Klaar en tevreden,' zei ze toen ze de eetkeuken binnenstapte. 'En jij?'

Ze droeg een tomaatrood, zacht glanzend jasje en zag er mooi uit.

'Je ziet er mooi uit,' zei hij dan ook.

'Qua kleur had er best een spat op kunnen komen,' zei ze lachend. 'Maar toch...'

'Het is nieuw,' stelde hij vast.

Ze lachte vrolijk. 'Dat klopt want ik had niets om aan te trekken.'

Ze liep de woonkamer in om iets te pakken. Haar hakken tikten tegen de plavuizen. De wijde pijpen van haar zwarte broek fladderden.

'Je mag tevreden zijn met je aankoop,' zei hij toen ze met een brillenkoker in haar hand terugkwam.

Ze lachte. 'Dank je. Ik herinnerde me opeens dat ik nog een leesbril in dezelfde kleur moest hebben. En wat belangrijker is, wáár die lag.'

Ze zette het dingetje op haar neus. 'Een pretbrilletje is het.' Hij lachte omdat het grappig stond.

'Is het al tijd om te gaan?' vroeg ze. 'Of kunnen we nog thee of koffie drinken?'

'We gaan,' besliste hij. 'Bij de bar van het theater kunnen we nog iets drinken.'

Zijn auto stond voor de deur. Ze opende al het rechterportier, maar hij nam het over. 'Zo hoort dat nu eenmaal,' zei hij met een grijns.

Ze reden weg.

'Is er daar parkeerruimte?'

'Een parkeergarage.'

'Deze auto is zeker nog nieuw?'

'Valt wel mee. Hij is pas gewassen.'

Ze lachte zachtjes. 'Omdat het zaterdag is?'

'Hou op! Omdat hij smerig was. Te smerig voor het theater. Ik kom nogal eens op bouwterreinen, weet je.'

Ze snufte. 'Het ruikt nog erg nieuw van binnen.'

Ard trok een grijns. 'Dat is leerspray om een auto als nieuw te laten ruiken. De jongens hebben mijn auto laatst geleend. Hun eigen bus liet het voor de zoveelste keer afweten. Er was in gerookt en dat mocht ik natuurlijk niet merken.'

'Door die spray weet je het toch.'

'Ja, leerspray, dát stinkt. Dus ging ik vragen stellen.'

Ze snufte nog eens. Hij van de weeromstuit ook. Ze roken daardoor weer die lekkere badluchtjes.

'Feestelijk is dit,' zei Lotte. 'Ik heb er echt zin in. Weet je dat het jaren geleden is dat ik niet zelf reed maar er lekker lui naast zat? Jij stuurt natuurlijk ook altijd. Ik neem tenminste niet aan dat je hulp Annebeth naar Groningen rijdt.'

'Alsjeblieft niet,' riep Ard. 'Niet omdat ik weet of ze goed of slecht rijdt, maar ze verdwaalt overal. Naar het schijnt echt iets voor vrouwen.'

'Zo staat het in de boekjes,' zei Lotte neutraal.

Ze hoorde zacht gegrinnik. 'Maar parkeren doe ik als een vent!' riep ze vrolijk.

Waardoor ze een poosje praatten over de verschillende zwaktes en krachten van mannen en vrouwen. En over hun communicatiestijlen.

'Als ik destijds geweten had wat ik nu weet…' zei Lotte.

'Precies…' beaamde Ard.

Daarna waren ze even stil. Ze reden toen trouwens al op de nieuwe snelweg die een korte verbinding maakt tussen hun stad en die van het theater. Het was niet druk. De hele linkerbaan was vrij en rechts reden maar weinig auto's.

'Eindelijk weer eens lekker doorrijden,' merkte Ard op. 'Op weekdagen kun je dat hier wel vergeten.'

'Kom je hier vaak?'

'Het project waaraan ik werk is daar, je weet wel, dat zorgcentrum.'

Hij vertelde over de vorderingen. Lotte over het zorgcentrum van haar ouders, met name over de vele activiteiten als bridgedrives, danslessen, computercursussen, muziek, films, uitstapjes en optredens.

'Mijn ouders hebben het er maar druk. Maar zelf moet ik er niet aan denken later zo te moeten wonen,' zei ze. 'Hoewel dat natuurlijk als je alleenstaand bent wel de beste optie is. Je kunt niet afhankelijk zijn van je kinderen, noch van de goedwillendheid van je buren!'

Ze hoorde zelf wat ze zei. 'Ik bedoel…' Ze schaterde het uit.

'Sorry,' zei ze toen ze uitgelachen was.

'Ik vond het wel leuk,' zei hij grinnikend.

'Gelukkig.'

Links en rechts van de snelweg hadden de weilanden en bedrijventerreinen plaatsgemaakt voor nieuwbouwwijken. Hij wees naar rechts voor hen. 'Bij die kerktoren is het theater. We moeten de volgende afrit hebben en zijn er bijna.'

'Supersnel,' vond Lotte.

'Omdat het met z'n tweeën gezellig is,' klonk het naast haar.

'Dat vind jij ook?'

Het was even stil. Daardoor keek ze naar hem. Ze zag nog net een lachje op zijn gezicht voor hij zijn hoofd wegdraaide. Dat deed haar iets speciaals zeggen. 'Ik bedoel, dat het gezellig is omdat het gelijk-waardig is. We hoeven ons niet anders voor te doen. Niet op onze te-nen te lopen en dat komt omdat we veel gemeenschappelijks hebben. We wonen hetzelfde, zijn allebei gescheiden, hebben allebei kinde-ren, redden ons goed en werken voor de kost. Ik denk dat die dingen er veel toe doen.'

Toen ze na de voorstelling café La Bandera binnengingen, was het er tamelijk rustig. Het was een oud pand waarvan de vloer niet helemaal recht liep. Veel tafels en stoelen waren er niet, een blind paard kon er geen schade doen. Maar goed, dacht Ard, om de hoek is de parkeerga-rage en we kunnen nog altijd ergens anders heen gaan.

Bij een spaatje praatten ze na over het toneelstuk, over de spe-lers en over de mensen met wie ze in de pauze hun statafel hadden gedeeld. Die toonden zich er verguld mee slachtoffers te hebben aan wie ze alles kwijt konden over de voorstellingen die ze als cul-tuurminnaars hadden gezien. De man leek op het eerste gezicht op Stef, de klusjesman van Lotte. Dat greep ze aan om van die lui af te komen. Alsof het opeens uit het vergeetboek was geschoten, vroeg ze een beetje geschrokken en met haar hand voor haar mond aan Ard of hij adviseren kon over de dakbedekking van de praktijk-ruimte.

Hij keek er wel gek van op, maar antwoordde dat hij best binnen-kort even wilde komen kijken. Waarna ze verder praatten over hui-zenonderhoud en hun tafelgenoten zich gebelgd afkeerden. Toen ze terugliepen naar hun plaatsen had Lotte het giechelend uitgelegd.

Nu in het café kwam ze er op terug. 'Je snapt toch wel dat je het dak niet op hoeft, hè?' Toch wilde hij dat best doen als hij daarmee die Stef tenminste niet in de wielen reed. Niet dat hijzelf snel op zijn teentjes getrapt was, maar hij kreeg altijd de pest in als hij merkte dat iemand anders uit de kennissenkring al het klusje had opgeknapt waarvoor ze hém gevraagd hadden.

'Niet snel op je teentjes getrapt zijn, dat is een goede eigenschap,' zei Lotte.

'Ik heb ook een heleboel slechte, hoor,' zei Ard blijmoedig. 'En jij?'

'Ik ook.'

'Noem er eens een?'

'Doordraven. Tegenwoordig kan ik aardig bijtijds op de rem trappen. Vroeger absoluut niet. Ik kon ook ergens vreselijk blijven plakken. En ook wist ik vaak van geen ophouden met zeuren en preken. Moet je de meiden horen. Akelig, hoor.'

Ze speelde ze met een bierviltje. 'En jij?'

'Ik? Ik ben lui. Gemakzuchtig. Doe liever alleen waar ik zin in heb. Stel andere dingen uit.'

'Geef eens voorbeelden?'

'Uitzendkrachten inhuren omdat ik geen zin had om me behoorlijk in de pc te verdiepen. Uiteindelijk dure privécomputerlessen. Pas een kookcursus doen als buitenshuis eten je neus uitkomt. Dat soort dingen. Wil jij nog een wijntje? Je hoeft niet te rijden, profiteer ervan.'

Toen ze rondkeken voor een serveerster zagen ze dat het druk werd in de zaak. Er kwamen horden tegelijk binnen, vooral vrouwen. Opeens klonk er Zuid-Amerikaanse muziek. 'Hé, salsa,' riep Lotte verrast, net toen de serveerster naar hun tafel kwam.

Die vertelde dat er altijd op zaterdagavond na elf uur salsadansen was. Afgewisseld met bossanova, chachacha en meer van die Latijns-Amerikaanse dansen. Vandaar dat er weinig tafels waren. De eigenaar van de zaak was een enthousiaste salsadanser en met drie jongens van het personeel en nog wat anderen muzikanten vormden ze de band. Achter aan het cafégedeelte was een aanbouw, daar was die band opgesteld. Je kon dat vanaf hun tafeltje niet zien.

'Echt? Wat leuk! Elke zaterdag. Solo? Paren?'

'Alles. Voor iedereen.'

'En jij doet dus aan salsadansen?' vroeg Ard toen de serveerster weg was.

'*Yes*! En jij niet!'

'*No!*'

Ze lachten. 'Maar je weet wel hoe het gaat?'

'Ooit was er in Groningen een demonstratie op de Grote Markt. Ik heb een poos vol verbazing staan toekijken. Dat mensen dát kunnen. Bekaf moet je raken van al dat draaien en keren.'

Lotte vond dat de salsa inderdaad een weldaad voor je conditie en je houding was. 'En voor je humeur!'

Haar wijn en zijn cola werden neergezet.

De muzikanten waren intussen warm gedraaid. Er waren een paar vrouwen gaan dansen, en één stel. Lotte keek lachend toe. Haar blik werd opgevangen door een van de vrouwen. 'Doe mee,' gebaarde ze. En uitnodigend stak ze haar arm uit, maar daar schoven al andere mensen voor de dansvloer op. Nu dromden er opeens veel vrouwen en een paar mannen die kant op.

Een minuut of wat keek Lotte toe. De muziek was zo luid dat ze maar beter niet konden praten. 'We kunnen beter ergens anders heen gaan,' zei Lotte, net toen Ard zich naar haar toe boog en hetzelfde begon te zeggen. Weer keken ze een paar minuten toe. Ze zag Ard naar haar kijken, nam een stevige slok wijn en gaf hem een knipoog. 'Ik ga ook heel eventjes,' zei ze heel duidelijk articulerend. 'Vijf minuutjes... Lekker! Vrolijk!' En met haar handen wapperend bij haar oren, zoals de meiden vroeger deden als ze iets erg lekker vonden, 'het is het ritme van de muziek.'

Oké, vroegen haar ogen.

Natuurlijk, ga je gang, zeiden die van hem.

Zomaar weg was ze, tussen de mensen. Hij ging staan om over de hoofden heen te kunnen kijken en zag haar rode jasje wervelen tussen de anderen. Heel even was ze zelfs in het centrum van een zwerfspot. De lach op haar gezicht maakte hem aan het lachen. Opeens was ze weg en danste ze weer tevoorschijn. Er welde een trots gevoel in hem op dat hij met deze vrouw uit was. Zomaar, omdat ze zijn achterbuurvrouw was.

Nu werd haar ene hand boven haar hoofd gehouden door een man, die zijn andere arm om haar heupen legde en haar draaien liet, onder zijn hooggehouden arm door.

Zo, dacht hij, en dat gebeurt omdat ik niet dansen kan. Nooit zin gehad in dansles. Bij feesten aan de bar moeten hangen. Hier niet mee kunnen doen. Maar je weet het, luie donder, je bent nooit te oud om te leren. Je hoorde het net, zelfs in bejaardenhuizen worden danslessen gegeven.

Vanuit de dansende menigte stond Lotte opeens voor zijn neus. 'Heerlijk was het,' zei ze een beetje hijgend. 'Maar zo is het genoeg.'

13

Lotte vertelde op de terugweg in de auto dat ze aan het salsadansen was geraakt nadat het bedrijf een workshop had georganiseerd bij de lancering van avocadosoep. De soep bestond niet meer, de consument liep er niet warm voor en gelukkig lag de fout niet bij de pr, maar zij en een paar vrouwen van de administratie dansten nog altijd.

'Omdat de salsa ons vrolijk maakt houden we het vol. Terwijl we begonnen onder het motto van conditie verbeteren. Met een groepje van acht waren we, in een zaaltje achter een café aan de Botermarkt. Lekker onder elkaar. Onder leiding van een wat oudere danslerares die zich richtte op stijve harken als wij. Echt, in het begin konden we niets met onze heupen. We leken van beton. We durfden ook niet. Geneerden ons zelfs om zo met je heupen te draaien. Dus geen mannen erbij! Pas later volgde ik een introductiecursus voor paren. Maar er zijn altijd te weinig mannen. De handvol die er was, moest dubbel vaak dansen en soms nog vaker. Voor je dus eens aan de beurt was… Daarom hield ik het voor gezien en ben ik doorgegaan in solodansen. Me laten leiden door de man kan ik trouwens niet eens meer goed, dat merkte ik daarnet. En bij salsa is de man ook nog een echte macho. De machostijl, zo heet het officieel ook, wordt hun zelfs geleerd.' Ze vertelde maar niet dat er tegenover die machostijl een stijl voor vrouwen was, die ze geweldig leuk vond en waarbij het om de verleidingskunst ging.

Wat Ard hoorde deed hem figuurlijk naar zijn hoofd grijpen. Hij kon maar beter eerst proberen de foxtrot weer onder de knie te krijgen die Ella hem ooit geleerd had. Gelukkig had hij wel maatgevoel. Op de piano kreeg hij de verschillende ritmen er goed uit, en ook in de boogiewoogie begon lijn te komen. Het salsaritme speelde trouwens nog door zijn hoofd. Daar schortte het niet aan.

'Ik ben natuurlijk ook een stijve hark,' zei hij. Haastig corrigeerde hij het. 'Jij bent het niet meer. Jij overwon het. Als er gedanst moet worden verander ik prompt in een houten klaas. Maar je hoeft maar een paar schaatsen voor mijn neus te houden en ik wil het ijs op. Daar kom ik helemaal los. Wat kan ik genieten van ritmische lange slagen. En niet lachen, hoor, maar ik heb als jochie van mijn oma zwieren geleerd.'

Lotte lachte niet, ze uitte een verraste kreet. 'Schaatsen, geweldig!'

Logisch dat die twee vervolgens geestdriftig over ijs, sneeuw en echte winters praatten. Voor ze het wisten reden ze vlak bij huis. Ze besloten om ter afsluiting van de avond bij haar thuis een wijntje te drinken. Ard draaide de kurk eruit en schonk in, Lotte sloot de gordijnen en stak een paar kaarsen aan. In de stilte van het huis klonk de plop van de kurk uit de fles, het klikklakken van haar hakjes op de plavuizen en het ruisen van haar jasje door de bewegingen van haar armen. In het geroezemoes van het theater en het café had ze dat niet gemerkt. Ze moest er zachtjes om lachen en zette in de woonkamer nog snel even het cd'tje met bossanova's op waarover ze in de auto had verteld.

'Gezellig,' zei ze toen ze het glas hieven. Ze keken elkaar aan en dronken.

'Lekkere wijn,' zei Ard. Hij zette zijn glas op de tafel. 'Grappig, ik woon hier nu ruim vier jaar en opeens klikt het.'

Lotte trok verrast haar wenkbrauwen op.

Hij lachte. 'Die vier jaar hebben er natuurlijk niets mee te maken omdat we elkaar nooit hebben gesproken.'

'Wel gezien,' zei Lotte.

'Inderdaad.'

'En zo gaandeweg gegroet.'

Hij knikte en hief opeens weer zijn glas. 'Hé hallo,' toostte hij.

Ze lachte. 'Hé hallo,' zei ze ook.

We moeten wel terugkomen op dat klikken, dacht ze. Het is belangrijk en leuk, maar voor je het weet praat je over andere dingen en ontglipt je iets wezenlijks.

'Om terug te komen op... dat het opeens klikt... '

Ze keek hem vragend aan. Hij keek terug. Het duurde misschien even, maar het waren bepaald betekenisvolle blikken. Toen knikte hij. 'Ja, het klikt tussen ons. Is die constatering genoeg?'

Over hun gezichten trok een glimlach. Het leek alsof ze zonder woorden een heleboel zeiden zolang ze elkaar maar bleven aankijken.

Lotte verbrak zachtjes lachend de stilte.

'Eigenlijk staan er bij mij nu een paar levenslesjes te trappelen van ongeduld om uitgevoerd te worden. En haantje de voorste is het lesje dat een mens de moed moet hebben om dingen uit te spreken. Om vragen te stellen. Om duidelijkheid te scheppen. En toch...'

'Gaan we dat niet doen,' zei Ard. 'Sommige dingen moet je niet willen bepraten. Ze gaan uit zichzelf wel goed. Ze moeten de tijd krijgen. Alleen als je denkt dat het de verkeerde kant op gaat moet je ingrijpen of bijsturen.'

Hij zei dat vol vertrouwen.

Opeens moest Lotte onbedaarlijk lachen. Ze zette net te laat haar glas neer, de wijn klotste er overheen op de tafel. Met een theedoek in haar hand om het op te deppen gierde ze het uit.

'De tijd geven,' bracht ze hikkend uit. 'Wat een slakkengang... vier jaar buren...'

Eindelijk was ze uitgelachen.

'Sorry,' zei ze, 'maar het was opeens zo humoristisch.'

'Je hebt gelijk!'

Dat zei hij zo vastberaden dat ze ervan opkeek.

'Ik bedoel ook niet dat we niets moeten doen. Concreet. Jij eet eens bij mij, ik bij jou. Jij rijdt met mij mee naar Groningen, dan laat ik je de stad zien. En jij leert mij dansen. Dat soort dingen. En... die slak van jou kan sneller lopen dan het geluid want weet je wel dat het nog maar gisteravond was dat we wat nader kennismaakten?'

'Dus eigenlijk moeten we maar eens flink op de rem trappen,' stelde Lotte lachend voor.

'Precies,' zei hij met een gulle lach. Hij dronk zijn glas leeg en zette het net zo stevig neer als een voorzitter zijn hamer. 'En daarom ga ik nu naar huis.'

Hij stond inderdaad op en liep naar de gangdeur.

'Niet zo snel. Heb je geen trek? Die spaghetti was heel licht. Je moet nog wat eten. Dat ga ik tenminste wel doen.'

'Vandaar óók dat ik naar huis ga. Paar eieren bakken. Ham erbij. Boterhammetje.'

'Pizza met sardientjes, ansjovis, mosselen, paprika's en mozzarella,' zei Lotte. 'Zelfgemaakt, zelf ingevroren. Specialiteit van het huis. Kwartiertje in de oven. Geen spetterende boter, geen afwas.'

Intussen waren ze bij de voordeur, die hij lachend openende. Hij draaide zich om en legde zijn handen op haar schouders. 'Dank je wel voor deze fantastische avond, Lotte. Voor het eten, de wijn en de gezelligheid.' De nachtlucht stroomde de gang in. 'En neem zelf wel een stuk pizza.'

'Nee, te veel werk. Een beschuitje met kaas. En morgen lekker uitslapen.'

'Welterusten dan.'

'Welterusten.'

Het was goed om het afscheid zo aan te pakken. Lotte stond in de deuropening, hij bij de auto. 'Ik heb voor aanstaande zaterdag afgesproken met de jongens in Groningen. Ga je mee?'

'Vast wel.'

'We bellen wel.'

Na een armzwaai stapte hij de auto in.

Ze zwaaide terug en sloot nog voor hij wegreed de voordeur, hoewel ze hem best had willen nakijken. Ze zag dan ook niet dat hij weer uitstapte, even aarzelde, weer instapte en toen pas wegreed.

Het mocht bijna half twee in de nacht zijn, Lotte was verre van slaperig. Ze belegde een beschuit met kaas en warmde melk. Met haar gedachten bij de avond lette ze niet goed op waardoor de melk bijna overkookte en voorlopig veel te heet was om te drinken. Ze zette de boel daarom op een dienblad om mee naar boven te nemen. Ze blies de kaarsen uit en schakelde de cd-speler en de lichten uit. Eventjes keek ze tussen de gordijnen door de straat op, een gewoonte van jaren.

Boven maakte ze het zich gezellig met radiomuziek. Ze kleedde zich uit en voor ze de badkamer in ging at ze in badjas in bed de beschuit en dronk ze met kleine teugjes de melk. Intussen keek ze naar het rode jasje aan de kastdeur.

Waar de wens van een zomerrok toe kan leiden... Tot de harde conclusie dat rokken weliswaar zwierig en vrouwelijk zijn, maar haarzelf tot respectievelijk een moeke, een boerentrien, een dikke prop, een duikelaartje, een vrouw in klederdracht of een viswijf maakten.

Nu deed haar dat niets meer. Maar vanmiddag nog wel! Met verbazing herinnerde ze zich hoe onzeker ze in het boetiekje op het jasje had gewezen met de vraag of dát op de rok misschien meer lijn aan haar figuur zou geven.

Want ze wenste zich een rok! Vroeger droeg zij met haar mooie benen nota bene altijd rokken. Het was dat ze uit de mode raakten, daardoor was ze gezwicht voor broeken. Strakke, wijde, taille- en heupbroeken, jeans, streepje, stipje, wat al niet.

Maar vroeger was voorbij. Haar lichaam was een koers ingeslagen die rokkenvijandig was. Die benen mochten mooi zijn, maar erboven was het knudde. Een rok volgens de huidige mode kon ze vergeten. Een klassieke rechte zou in noodgevallen kunnen, zei de verkoopster, maar die verkochten ze in de boetiek niet, daarvoor was hun clientèle te jeugdig.

Wat mevrouw wel goed zou staan was een vrouwelijke pantalon. Kijk, deze moest ze echt eens passen. Nota bene een duplicaat van haar eigen zwarte! Ziet u, mevrouw, énig! Dáár staat het rode jasje prachtig bij.

Een metamorfose! Wat verraste dat spiegelbeeld haar. Het bewijs was geleverd dat ze meer mocht opvallen. Ze straalde in het rood. Bovendien, waarom zou ze met de rokkenmode meedoen? Nu onderscheidde ze zich van de grijze massa. Dit paste bij haar, ze was weer uniek en authentiek.

Wég was het dreinerige gevoel dat ze misschien toch moest gaan lijnen omdat haar visie op eten te ruimhartig was. Wég de berusting voortaan kleding te moeten kopen in winkels voor echte dames. Wég het allerergste, waarom zij zich in hemelsnaam dacht mooi te mogen maken voor een avondje uit met een man.

Zonder dat ze zich aanpaste aan de mode van een rok stond zijzelf weer in de spiegel. Lotte van der Elster, leuk, vrouwelijk en mollig. Met een pittige uitstraling vanonder haar bruine krullen en een man die met haar uit wilde!

En die haar daarnet uitnodigde mee te gaan naar Groningen. De stad waar zijn wortels lagen. Waar hij scholier was geweest. Die hij als zijn broekzak kende, inclusief oude stegen en straten en het totaal nieuwe winkelcentrum. Waarvandaan hij was weggetrokken naar het westen, en waarheen hij door de keuze van zijn zoons weer vaak terugkeerde.

Eigenlijk wilde ze volgend weekend bij Marije ramen lappen en intussen appeltaarten bakken, voor ieder een. Maar dat kon ook op haar oudedamesvrijdag.

En als Marije het anders wilde, liet ze de uitnodiging van Ard dan voorbij gaan?

Nee.

Maar Marije rekende misschien op haar.

Nee. Het was veel te leuk. Het was bovendien een kans.

Zou Annebeth niet kunnen?

Of vond hij het leuker om samen met haar, Lotte, te gaan?

Hij vond het ook leuk om met haar, in plaats van met Victorine, een theatervoorstelling te zien. Néé, zo zei hij het niet! Het was ánders. Dát zei hij. Omdat zij, Lotte, met een *open mind* keek en Victorine een kritische en zeer ervaren theaterliefhebber was.

Het was toch niet gek dat ze eventjes was gaan dansen? Salsamuziek was nu eenmaal onweerstaanbaar.

Het was toch juist goed om te zijn wie ze was? Te laten zien wat ze belangrijk vond omdat het bij haar hoorde?

Jawel, maar er was die extra dimensie tussen een vrouw en een man, en…

'Daarom juist,' zei ze gedecideerd. 'Je kunt er niet omheen dat we dat zijn, een man en een vrouw. Daar mag je je toch wel naar gedragen?'

De melk was op, ze zette het blad op de grond naast het bed. De presentator van het radioprogramma las een gedicht voor van een inzender. Het boeide niet. Zou Ard echt eieren zou zijn gaan bakken?

Voor ze naar de badkamer ging, gluurde ze even of ze licht bij hem zag branden. Nee, natuurlijk niet! Of toch? Ze deed het raam open en boog zich een stukje naar buiten. Was daar nu wel of geen licht tussen de bomen door? Of was het een lantaarn?

Hoofdschuddend sloot ze het raam en draaide het ventilatierooster open. Op de radio klonk de aankondiging van de volgende drie muzieknummers. Bossanova's! Ze draaide het volume hoger en danste er met veel zwier het beschuitje af. Voor zover de slaap had willen komen, was die nu wel haastig op zijn schreden teruggekeerd.

Daarom nam ze maar een lekkere warme douche. En daarna weer zo'n kleine schoonheidsbehandeling met een maskertje en een nieuw monstertje nachtcrème met vitaminen. Het was half drie toen ze weer in bed stapte. De radio speelde romantische songs. Ze luisterde met het licht uit en gesloten ogen, maar hoorde niet meer de herhaling van het nieuws om drie uur.

14

Toen ze op maandagochtend de afdeling binnenstapte, herinnerde Lotte zich in één klap dat er schilders zouden komen. Glad vergeten. De muren kregen een soort kunststofbehang en het plafond werd gewit. De kozijnen waren een jaar geleden al geschilderd, toen er dubbel glas was aangebracht en de ouderwetse radiatoren vervangen waren door nieuwe. Over enkele weken zou nieuwe vloerbedekking worden gelegd.

Ze was expres vroeg gekomen omdat ze op vrijdag eerder naar huis was gegaan en er misschien mail of telefoon was waarop ze had moeten reageren. Nu waren er drie werkmensen hun bureaus aan het verplaatsen, gelukkig wel zo dat de computers aangesloten bleven. Lastig was alleen dat het licht nu reflecteerde in het monitorscherm. De zonwering moest gesloten worden, wat weer niet handig was voor de schilders.

'Het wordt vandaag behelpen,' zei Lotte dan ook even later tegen de assistentes. Ook die waren het vergeten. Karin wist het wel. Ze had bij haar thuis een artikel voor de nieuwsbrief willen schrijven over vragen die ze kregen van consumenten. Maar de informatie ervoor bevond zich in het papieren archief in de gangkasten, en niet *online*, daar had ze niet aan gedacht. Nu had ze voor de zekerheid haar laptop mee zodat ze ook op andere plaatsen kon zitten werken.

Lotte liep onder het mom van koffie halen met Karin mee de gang op. Ze moest gewoon haar verhaal over het weekend kwijt. De hele zondag had ze het al voor zichzelf gehouden. Aan Marije had ze door de telefoon alleen verteld dat ze een fantastisch rood jasje had gekocht. Bij haar ouders aan de middagkoffie had ze het beperkt tot het toneelstuk.

Aan beiden had ze ongetwijfeld ook iets over Ard gezegd als Marije niet een meisje moest helpen dat kwam paardrijden, en als haar ouders niet over toneelstukken waren gaan praten die ze zelf in hun lange leven hadden gezien.

Maar Karin mocht alles weten, zij kende haar van haver tot gort en zou het voor zich houden. Lotte stak dan ook meteen van wal toen ze voor de archiefkast stonden. 'Zo geweldig leuk is mijn weekend geweest.' Omdat er mensen passeerden op weg naar hun kamers, zweeg ze weer. Dat was het teken voor Karin dat er iets speciaals was.

'Met je buurman? Wat leuk! Vertel op.'

Tussen de deuren van de archiefkast vertelde Lotte zo snel als ze kon over het gezellige en lekkere eten bij Ard en wat er uit was voortgekomen.

'Kind! Denk je dat het wat wordt?'

Weer kwamen er mensen aangelopen. Lotte bestudeerde de etiketten op de ordners en wenste de voorbijgangers over haar schouder heen goedemorgen. 'Zo kunnen we niet praten,' stelde Karin vast. 'Weet je wat, we gaan straks lunchen bij Catootje,' stelde Karin voor. 'Het is voor iedereen logisch dat we de verflucht willen ontvluchten.'

'We horen naar de kantine te gaan...'

'Dat is waar. Verzin een smoes. Even nadenken.'

Karin knipte met haar vingers. 'Ik weet het. Voor de nieuwsbrief wil ik ook een interview met een kok over soep, met een recept erbij dat als basis een van onze eigen soepen heeft. En vandaag gaan we een praatje maken met een kok van Catootje en tijdens de lunch onze werkbespreking houden. Ik bel de receptie wel dat we op mijn mobiele nummer bereikbaar zijn.'

Alleen was Catootje gesloten. Wat wil je, op maandag. Maar de broodjeszaak een stukje verderop was wel open. Ze hadden er soepen op de kaart. Ze kozen unaniem voor de goulashsoep. Een soep die als maaltijd kon dienen en makkelijk te maken was op een gaskomfoor voor de tent, aan boord van een bootje of in een zomerhuisje. Tenslotte was de nieuwsbrief de zomeruitgave.

De kokkin van de broodjeszaak deed niet moeilijk, ze gaf de receptuur en was ertoe over te halen dat als basis tomatensoep uit blik kon dienen.

'Ziezo,' zei Karin toen ze hun soep op hadden, toch maar afzagen van een lekker broodje en cappuccino bestelden. 'Nu ben ik razend benieuwd naar de rest van je verhaal.' Over de tarbot en espresso, het theater en het jasje, de salsa en het wijntje tot besluit had Lotte al in de auto naar het centrum verteld.

'Maar nu het mooiste,' begon ze. 'Gisterochtend was ik natuurlijk niet erg vroeg op. Daarom ging ik maar niet in mijn badjas ontbijten, wat ik anders graag doe. Ik had zomaar het gevoel dat… Afijn, snel even onder de douche en iets gemakkelijks aan. Alsof ik daarmee de tijd inhaalde.'

Ze wachtte even omdat de cappuccino werd neergezet. 'Omdat het intussen al lekker zonnig is, zet ik eerst de deur naar het terras open. In de keuken schenk ik net de yoghurt op de muesli als ik buiten gekraak hoor. Een kat, denk ik. Weg ermee, we hebben nogal overlast van katten de laatste tijd. Ik sprint dus naar buiten met maaiende armen. Niks kat. Het was Ard die via het populierenbosje mijn tuin in liep. Hij stak iets omhoog. Mijn mobiel! Lag in zijn auto, moet uit mijn tas zijn gegleden, ik had 'm nog niet gemist.'

Ze snoepte wat schuim van de cappuccino en wachtte even, hoewel het duidelijk was dat ze nog iets te vertellen had.

'Zeg op,' zei Karin dan ook.

'Als je het niet verder vertelt…' zei Lotte geheimzinnig.

'Dat zal moeilijk worden,' zei Karin met een uitgestreken gezicht,' je weet dat Nico bij dit soort dingen altijd het naadje van de kous wil weten, net als de jongens.'

Daar was natuurlijk niets van waar. Vrouwenkletspraat interesseerde ze niets, dat was juist een klacht van Karin. 'Ook niet aan je schoonzuster vertellen,' zei Lotte daarom schaterend.

'Ook dat kan ik niet beloven. Met haar warme belangstelling voor de dingen in mijn leven…' Karin schoot nu zelf in de lach. 'Kom op!'

Lotte boog zich een stukje over tafel. Opeens zat ze weer rechtop. 'Hemel… goulashsoep… broodjes… Ik geloof al z'n leven dat Ard hier regelmatig komt. Ja, een broodjeszaak op de Botermarkt met fantastische goulashsoep, daar had hij het over.'

Van de weeromstuit keek ze om zich heen. Ze ging zelfs even staan. Maar nee, hij was er niet.

'Jammer,' plaagde Karin. 'Maar vertel verder.'

'Ard zei dat hij achterom kwam omdat hij had gezien dat mijn keukendeur open stond. Dus was ik op.'

'Dat klopte toch ook?'

Lotte onderdrukte de triomf in haar stem. 'Jawel, maar dat kon ík alleen zien toen ik bij hem op het terras op mijn hurken ging zitten. Hij moet dus ook op zijn hurken hebben zitten turen.' Ze lachte hartelijk. 'Het is toch veel makkelijker om even op te bellen? Daarbij is hij heel lang. Hij zal half gelegen hebben. Dat had hij er wél voor over!'

Karin grijnsde. 'Precies!'

Dat was wat Lotte wilde horen.

'Goed, joh, ik heb hem geen koffie aangeboden.'

'Goed? Dat is juist stom. Dat zou ik nou juist wel hebben gedaan.'

'Nee,' giechelde Lotte. 'Het moet allemaal een beetje zijn tijd hebben. Het is beter om niet te hard van stapel te lopen. Aanstaande zaterdag gaan we ook al samen naar Groningen, dat hebben we gelijk afgesproken. Dat kwam ook goed uit met zijn zoons, want toevallig wist hij dat ze dan een paar meiden te eten krijgen met wie ze naar een afstudeerfeest gaan van een jongen die in hun huis heeft gewoond. Nu kunnen we tegen winkelsluitingstijd ergens afspreken. Ik ga namelijk lekker winkelen. En naar het museum. Er is trouwens ook een erg leuke stadswandeling met een gids. We gaan al vroeg weg, dan zijn we er met koffietijd. Weet je trouwens hoe hij aan zijn piano is gekomen? Nee, natuurlijk niet. Gekocht op een veiling ten bate van het dierenasiel. Hij vindt het prettig om projecten financiële steun te geven. Er is familiekapitaal, hij zegt dat hij daarmee verwend is, maar om nou voor zichzelf een dure kar te kopen, auto bedoelt hij, nee hoor.'

Ze haalde adem.

'Het geeft hem wel de mogelijkheid om klussen te laten schieten die hem niet aanstaan, maar die hij zou moeten accepteren als het financieel nodig was. Hij kan in plaats daarvan eens even naar zijn vakantiehuis in de Vogezen rijden. Eigenhandig gerestaureerd. Of ik eens mee ga. Ja, natuurlijk. Alleen niet naar Ierland als hij gaat vissen. Dat doet hij met vrienden. Plus feesten en drinken. Dingen die hij niet laat schieten. Nou, het is goed dat ik mijn lesje heb geleerd en weet dat ik heel enthousiast en hartelijk moet doen ook al vind ik het maar niets, dat vissen.'

Weer haalde ze diep adem voor ze verder ratelde.

'Ik ga hem dansles geven! Zwieren kan hij wel, ik bedoel op de ijsbaan. De bossanova had hij ook meteen door. Hij had er geen erg in, maar trommelde het ritme met zijn vingers op de tafel toen we nog een wijntje dronken. Hé, dat is toch ook wat, met die mobiel van mij... O, mijn cappuccino!'

Ze dronk, waardoor Karin eindelijk kon reageren.

'Als ik het zo hoor, gaat het inderdaad wel snel. Maar dat vind ik juist een goed teken. Als je nog jong bent moet dit soort dingen meer de tijd krijgen. Ze moeten als het ware hun beloop hebben. Je moet er rijp voor worden. Maar op onze leeftijd verlies je daarmee te veel tijd. Je gaat dan niet met een slakkengangetje op vrijersvoeten. De spanning is er dan zo uit en voor je het weet gaat het de verkeerde kant op. Vergeet niet dat je op deze leeftijd zo gewend bent geraakt aan je eigen leventje. Je bent er natuurlijk zelf bij, en verrassend veel dingen gaan zonder ingrijpen of sturen zelfs beter, maar toch...'

Dat kwam bekend voor! Maar dan in de omgekeerde betekenis...

'Dat vind jij dus ook?'

Karin beklemtoonde het nog maar eens. 'Goed opletten, hoor!'

Lotte knikte dankbaar. 'Of ik dat doe! Hè, wat doet het me goed om het allemaal te kunnen vertellen. Nog één ding...' Ze keek weer goed om zich heen en stond zelfs weer even op voor ze verderging. 'Daarom wilde ik iets verliezen in zijn auto waardoor ik genoodzaakt zou zijn om hem te bellen als het me te lang duurde.'

'Je wist het dus toch van je mobiel,' zei Karin.

Lotte schudde druk met haar hoofd van niet. 'Nee, die behoor ik immers meteen al te missen. Nee, die is echt per ongeluk uit mijn tas gegleden. Het is een creditcardmapje waarin allerlei klantenkorting- en spaarkaarten, je kent het wel, sommige op naam. Zogenaamd verloren, voor alle zekerheid...'

Els, de pianolerares en Franks echtgenote, was tevreden over de vorderingen van Ard. Eens in de veertien dagen had hij les, het mocht ook wel dat er dan verbetering merkbaar was. Hij speelde natuurlijk voor de lol, maar Els vond dat hij door de basis die hij als kind had opgedaan, best wat sneller vooruit mocht gaan. Hij kon nog zo beweren dat hij zich echt niets meer herinnerde van die lessen, behalve dan dat het akelig donker was in de leskamer en dat hij altijd iets leuks miste, buitenspelen met vriendjes, kanoën in het Reitdiep of schaatsen op de sloten in de weilanden, volgens Els bewezen zijn vingers het tegendeel. De coördinatie was opvallend goed voor iemand die op latere leeftijd met pianospelen begint.

Hij was altijd de laatste cursist van de avond en het was een gewoonte geworden om na de les gedrieën nog wat te drinken.

'Ging het een beetje?' vroeg Frank bij de begroeting.

'Els is wel tevreden.'

'Ja, want het juiste ritme heb je ook altijd wel te pakken. Je hebt er gevoel voor, heus. Wat willen jullie drinken, bier, wijn, cola, koffie?'

Ard wilde cola. Misschien vanwege dat ritmegevoel, maar vast ook wel omdat de laatste cola die hij dronk bij La Bandera was geweest, vertelde hij over het café met de salsaband en het dansen daar.

Hoe hij er terecht was gekomen, luidde natuurlijk de vraag.

'Het was na een toneelvoorstelling.'

'Ah, Victorine had weer wat geregeld?'

Hij vertelde hoe de vork in de steel zat. En dat hij wel het café om de hoek op de website van het theater had zien staan, maar niet op de *link* had geklikt, anders had hij geweten dat er na elven gedanst werd.

En wie Lotte dan wel was.

Wel Lotte was zijn achterbuurvrouw. Het was ongelooflijk dat ze al die tijd buren waren en elkaar nooit hadden gesproken. En hij somde zo wat dingen op. Geen dakkapel, wel aangebouwde praktijkruimte. Huuropbrengst. Gescheiden, twee uitwonende dochters. Werkt op kantoor, public relations. Gymt met vriendinnen, doet aan salsa, houdt van lekker eten en koken. Leuk om te zien, energieke tante, beetje mollig, leuk, ja leuk.

Of ze elkaar dan echt nooit eerder hadden gezien?

Ard vertelde over het parkeerdak in de storm en de gigantische capuchon van haar regenjas.

'En omdat je dat leuk vond kwam je op het idee om haar eens aan te spreken?'

Nou, nee.

Opeens zat hij op zijn praatstoel. Hij vertelde smakelijk over het gekke toeval van hun ontmoetingen. Het grand café, haar rode laarzen en gekke rode hoedje. Dat zij met haar dochter een jack kocht waar hij dat ook net had gedaan. En niet te vergeten dat zij op Schiphol naar Florida ging en hij naar Dublin. Dat ze door dat soort dingen een beetje in zijn gedachten bleef.

Els schudde onwillekeurig met haar hoofd. 'Dan heeft het misschien zo moeten zijn. En nu vind je haar leuk genoeg om mee uit te nemen?'

Ard begon een uiteenzetting over eerst aftasten en kans op ontwikkelingen, over de tijd geven en nader leren kennen.

'En wat is de opleverdatum van het hele spul?' vroeg Frank.

Ard snapte precies wat hij bedoelde, maar toch. 'Hoe bedoel je?'

Els begon daverend te lachen.

'Beste Ard,' zei Frank, 'man, pak toch je kans. Zo te horen vindt ze het verdomde leuk. Geniet er dan toch van. Of neem je weer een termijn van vier jaar?'

Met opgetrokken wenkbrauwen keek Ard zijn vriend aan. 'Hoezo?' vroeg hij.

'Omdat jij haar leuk vindt en zij jou. Wat wil je nog meer? Je weet toch nooit of je elkaar over vier jaar ook nog leuk vindt? Je moet er nú van profiteren. Nú genieten.'

Ard was van mening dat hun plannen daarop duidden. 'Zaterdag gaan we samen naar Groningen. En als het bevalt vraag ik haar om mee te gaan naar de Vogezen.'

'En dan mag zij in het gastenverblijf?' riep Frank uit. 'Nee toch, hè? Kom op, toehappen. Smeed het ijzer als het heet is, en dat is nu.'

'Hm,' zei Ard. Of hij dat zelf allemaal niet wist. Maar Lotte had ook zo haar eigen leven.

Lotte liet haar blik langs de vijf vrouwen gaan die zich bij hun oefenmatjes aan het verkleden waren. 'We gaan beginnen, hoor,' zei ze om te voorkomen dat ze door bleven kletsen. Het was haar beurt om les te geven. Dat wil zeggen dat zij het nu was die de oefeningen aangaf, maar intussen trainde ze zelf natuurlijk mee.

Het was verrassend hoe serieus iedereen altijd oefende. Dat er geen discussies ontstonden over de volgorde of de duur van de oefeningen. En dat elke vrouw er door haar eigen voor- of afkeuren weer een ander lesje van maakte.

Lotte duwde het cd'tje met oppepmuziek in de cd-speler en riep boven de muziek uit 'komen jullie staan? De *warming up, come on, ladies!*'

Daar gingen ze. Op de muziek. Eerst alleen met de armen, toen beenbewegingen erbij, vervolgens gecombineerd met sprongetjes en danspasjes. Tot de kookwekker rinkelde dat de tijd om was en ze hijgend en met rode gezichten op hun matjes neerstreken voor de grondoefeningen. Weer werd de kookwekker ingesteld, nu moesten de spieren van de buik, billen, borst en bovenarmen eraan geloven.

De wekker rinkelde, een uur training zat erop. Daarna puften ze uit en verkleedde iedereen zich, op Lotte na, omdat zij toch thuis was. In de keuken tapte Karin voor iedereen glazen water. Lotte pakte de wijn en zocht in de keukenla naar de kurkentrekker.

'Hoe zit het met je klantenkaarten?' vroeg Karin nieuwsgierig.

'Die zijn als het goed is veilig bij hem.'

'Ga je het mapje ophalen of wacht je af?'

Lotte wist het nog niet. Was het nu beter om af te wachten, of om te bellen of om zelfs zomaar op de stoep te staan? De klantenkaarten had ze natuurlijk niet op stel en sprong nodig. Maar afwachten was weer zo passief.

Ze draaide intussen de kurkentrekker in de kurk en trok. 'Kapot! Wat krijgen we nu, dit gebeurt me nooit.' Ze schroefde de kurkentrekker in het restant in de flessenhals.

Karin keek toe. 'Ja, meid, of je nu vijftig bent of achttien…' zei ze.

'Hm,' deed Lotte. Ze keek in de flesopening of er brokjes kruk waren achtergebleven.

'Ontmoetingen tussen mannen en vrouwen blijven spannend,' zei Karin.

'Wat weet jij daar als gelukkig getrouwde vrouw nu van?' vroeg Lotte plagend terwijl ze de omgekeerde wijnglazen bij de stelen tussen haar vingers nam.

Karin keek even om de hoek het gangetje in om zich ervan te vergewissen dat daar niemand was. De deur naar de praktijkruimte stond wijd open. 'Ik heb het je nooit verteld, maar ik ben een paar jaar geleden een tijdje ontzettend verliefd op iemand geweest,' zei ze.

'Wat!' De glazen in Lottes handen tinkelden tegen elkaar aan. 'Hoe kan dat nou? Jullie hebben het zo goed met elkaar.'

Karin knikte. 'Dat is helemaal waar. We hebben het goed. Maar tegelijk is het ook zo gewoon. Het klinkt afschuwelijk, maar ik wilde het voor ik echt oud word nog eens voelen. De spanning. Het veelbelovende. De kriebels en het verlangen. Ik benijdde jou een beetje om je vrijheid. Snapte niet dat je zomaar een punt zette achter al die wervelende romantiek. Was ik ook maar vrij, dacht ik vaak. En toen gebeurde het.'

'Toen werd je verliefd?! Nee toch! Je hebt het nooit verteld!'

'Omdat ik me schaamde, hoe heerlijk het ook was. Maar nu ik zie hoe leuk en spannend jij het vindt om verliefd te zijn…'

Lotte onderbrak haar. 'Dat ben ik helemaal niet!'

Karin lachte. 'Nee?'

'Het is anders. Ik meen het echt.' Ze zocht naar het juiste woord. 'Verliefdheid is chaotisch, zal ik maar zeggen. Maar zo is dit helemaal niet. Ook niet suf en saai, hoor,' zei ze er snel bij. 'Maar dit heeft meer van nieuwsgierigheid. Hoe moet ik het nu zeggen? Er zit respect bij, maar dat klinkt zo zwaar. En vriendschappelijk is ook niet het goede woord. Want…' nu was zij het die snel even het gangetje in keek '… er is wel een grappig soort spanning tussen ons, ja, dat wel… Maar verliefd zoals jij… Vertel!'

Uit de praktijkruimte kwam een hilarisch gelach. 'We moeten erheen,' zei Karin. 'Ik vertel het een andere keer wel.'

'Of straks, als de anderen weg zijn, in de kamer.'

Weer bij de anderen bleek dat Tineke een idioot verhaal had, dat ze maar al te graag nog een keer vertelde. Ze had een aanzoek gekregen. Daarom hadden ze zo hilarisch gelachen. Het was gebeurd in de natuurwinkel waar ze gezonde dingen kocht en een baardaap in verwassen grijs katoen een praatje was begonnen. Absoluut haar type niet, maar ze bleken het nogal eens te zijn over je eigen verantwoordelijkheid voor je gezondheid, en over de nare effecten van vrije radicalen en de gunstige werking van omega-3-vetzuren.

Waarop de baardaap verklaarde nog úren met haar te willen doorpraten, en zich voor haar te willen openen door over zichzelf te vertellen. Er was geen speld tussen te steken. Het meisje dat de koeling met zuivel bijvulde had met open mond staan meeluisteren. Hij was macrobioot, van tafel en bed gescheiden, zijn huis was voor hem alleen te groot en hij meende in Tineke een *soulmate* te hebben gevonden. Een spraakwaterval, in tien minuten wist ze alles!

Ze had bedenktijd gevraagd en was gevlucht. Nooit zou ze meer in die winkel komen. Wat er toch met haar was de laatste tijd. De ene grappige ontmoeting na de andere. Het kwam vast door de ooglidcorrectie. Ze keek frisser de wereld in, deed vrolijker tegen mensen en daardoor maakte ze vast een harmonieuze en stabiele indruk. Ze zei het op de echte Tineke-manier, met zelfspot en veel poeha.

Door zo'n verhaal kon het weer nachtwerk worden!

Maar nee. De twee nieuwe vrouwen vertrokken toen ze hun glazen leeg hadden, en ook Jikke stond op, ze wilde een paar ingevingen verwerken in het boek waaraan ze werkte. Waardoor Tineke ook opstond want ze fietste altijd met Jikke op.

Lotte ruimde de boel op en doofde het licht. Karin wuifde het stel op de stoep van de praktijk nog even uit. Bij terugkomst stelde ze voor om een luchtje te scheppen, het was een heerlijke avond. En lopend haar verhaal doen was gezonder dan met de fles op tafel, nietwaar.

Omdat ze in haar oefenlegging en T-shirt was, sloeg Lotte haar regenjas om. Ze controleerde of ze echt wel de huissleutel bij zich had voor ze de deur dichttrok. Karin was al buiten, ze zette haar tas met gymkleren alvast in haar auto.

Het was inderdaad een heerlijke avond. De zon was natuurlijk allang onder maar in het westen was de hemel nog prachtig dieproze, lila en zeegroen. Ze liepen de Berkenlaan uit in de richting van de kinderboerderij. Natuurlijk was het er rustig. Verderop kwaakten eenden. Een vrouwenstem riep een hond.

'Het was gek, maar meteen al in het begin klikte het met die man,' begon Karin. Ze knipte demonstratief met haar vingers. Lotte spitste haar oren.

Karin vertelde hoe ze hem kende en waarom ze hem aantrekkelijk vond. Hoe het van een praatje op straat, via zijn opvallende gerestaureerde Engelse sportwagentje en enig speurwerk in telefoonboeken tot zogenaamde spontane ontmoetingen leidde in het vestingpark, waar hij zijn hond uitliet. Hoe haar gevoel van eigenwaarde groeide door zijn aandacht. Dat ze zich vrouwelijker voelde en aantrekkelijk. Dat ze zichzelf soms niet herkende, maar gewoon zo blij was van binnen.

'Verliefd, joh, verliefd!'

Lotte trok haar wenkbrauwen op omdat ze wel erg veel herkende. Want ook zij had in het telefoonboek zitten snuffelen. Ook zij wilde per se een rok vanwege het vrouwelijke zwieren en zwaaien, ruisen en wapperen, en ook zij was zomaar zo idioot blij en vrolijk van binnen.

Ze waren bij de vijver gekomen en keerden terug.

Maar thuis had Karin Nico, die ze een poos niet goed in haar nabijheid kon verdragen. Aanrakingen van hem weerde ze af en toch hield ze van hem. Ze had het liefst een intermezzo in hun huwelijk willen hebben om daarna weer terug te keren, maar dat gaat nu eenmaal niet zo maar. Nooit had ze getwijfeld of ze bij Nico bleef. Maar dit avontuurtje was onontbeerlijk om nieuwe levenskracht op te doen, zo voelde het. Ze moest gewoon dromen van die ander. Het was als *haute cuisine* met sprankelende dranken na jarenlang Hollandse pot of hoogstens de Chinees. Het leek tegelijk verdacht veel op een luisterrijk afscheid van haar jeugd en de voorbereiding op de tweede helft van het leven. Een overgang die ze wel moest ondergaan omdat hij zich net zo aan haar opgedrongen had als de puberteit dat doet, of de menopauze.

Waren het dus 'de hormonen'? Wat gaf het, ze laafde zich.

Eigenlijk was die man een paar maanden lang geen seconde uit haar gedachten geweest.

Het werd zomer. Ze fantaseerde over een vakantie samen. Maar toen ze het aan hem voorstelde, weerde hij het af. Bij hem was alles al besproken. Logisch, maar toch…

En toen opeens leek het of Nico op haar lette. Niet in negatieve zin, maar hij kéék opeens naar haar. Gaf een complimentje of een spontane zoen. Toen ze hem daar oprecht verbaasd naar vroeg, bekende hij dat ze hem opeens was opgevallen als dromerig en stil, als prikkelend door de afstand die ze hield. Dat hij haar zomaar weer zag alsof ze elkaar net kenden en ze nog niet had toegegeven dat ze ook een beetje gek was op hem. Dat hij zich schuldig voelde het allemaal maar gewoon te vinden. Dat hij besefte dat hij trots mocht zijn op een vrouw als zij. Die zich mooi verzorgde, er leuk uitzag, vrolijk en blij was en zomaar altijd aanwezig was in zijn leven. Dat wás helemaal niet gewoon, dat was bijzonder!

Karin proestte achter haar hand. Lotte grinnikte. Ze waren weer terug bij Lottes huis. 'Toch nog een wijntje?' vroeg Lotte.

'Nee, joh, dan wordt het weer nachtwerk.' Karin maakte het portier van haar auto open. 'Maar mondje dicht, hè?'

'Dat spreekt vanzelf. Tot morgen.'

'En pak je kans, Lotte!'

Het portier viel dicht. Lotte wuifde haar na. Pak je kans, dacht ze. En ook: gevoel van eigenwaarde, aandacht en vrouwelijk. Blij van binnen. Ook zelf zien dat je straalt. Je veel vrolijker voelen. Bergen kunnen verzetten. Het leuk vinden om er goed uit te zien. Zomaar meer kleuren lippenstift kopen. Duizenden dingen die lichter zijn. Belevenissen met hem die bij terugdenken fonkelden als sterren in de nacht.

Door het aangename weer zin hebben om nóg een rondje te lopen. Dat van de Wilgenlaan, Beukenlaan en Populierenlaan terug naar huis. Heel even kijken of er licht bij hem brandt. Of hij nog werkt of misschien pianospeelt.

Het zal toch niet waar zijn, dacht ze.

Ard luisterde nog eens goed. Hoorde hij Annebeth roepen dat er koffie was? Hij kon het niet laten om naar beneden te bellen.

'Met Annebeth, de hulp van de familie Banckert. Wie kan ik zeggen dat er is?'

Hij lachte hartelijk. 'Riep je net dat er koffie was, Annebeth?'

'Nee, dat er téléfóón voor je was. Maar je hoeft niet terug te bellen, want ze belde van kantoor.'

'Wie? Wat?'

'Een mevrouw. Lotte. Ze is een mapje met klantenkaarten kwijtgeraakt en denkt dat het in jouw auto ligt.'

'Had haar maar even doorverbonden,' zei Ard met een zucht. 'Gewoon op menu drukken, naar intern gaan, dan op de 3 toetsen en je hebt me te pakken.'

Allemaal waar, maar mooi dat hijzelf de telefoonkwestie nog steeds niet had aangepakt. Nog altijd had hij behalve het mobiele nummer, twee vaste lijnen en was het doorverbinden een crime voor Annebeth.

'Je zegt het precies zoals het is,' zei Annebeth, 'want inderdaad spreek jij dan nog altijd met mij in plaats van met haar en moet ik weer op een of andere knop drukken.'

'Je hebt deels gelijk. Maar je hoeft geen toets meer in te drukken, alleen nog de hoorn neer te leggen.'

'Het zal wel. Maar goed, ik ga de koffiemachine aanzetten,' zei ze. 'Dan weet je het maar. Ik bel je niet.' Het laatste klonk bepaald dreigend.

Nu hij toch in z'n werk gestoord was, ging hij meteen maar in de auto kijken. Inderdaad lag er links op de mat voor de passagiersstoel een dikgevuld etuitje. Vanaf zijn kant achter het stuur was het niet te zien. Hij nam het mee naar binnen, waar hij zich bedacht dat hij het net zo goed straks na de koffie even bij Lotte in de brievenbus kon gooien.

De koffie was bijna doorgelopen maar hij schonk alvast in en maakte van de gelegenheid gebruik om twee gevulde koeken op het schaaltje te leggen dat klaar stond voor de biscuitjes. Nu was hij het die onder aan de trap riep dat de koffie klaar was.

Annebeth kwam grijnzend naar beneden. 'Had je niet beter even kunnen bellen?'

Ze dronken koffie en ook Annebeth at ondanks haar aanvankelijke weigering een koek.

'Hoe ga je tegenwoordig met pianospelen?' vroeg ze.

'Tamelijk goed. Wat dan?'

Hij speelde met het mapje. Het was donkerbruin, met een zwart randje en een goudkleurig merkje. Het rook naar leer en parfum of zoiets, en was vast een cadeautje van dochters voor hun moeder. Het was rijkelijk gevuld en week daardoor een beetje uiteen.

'Waarom ik dat vraag? Omdat je kennelijk flink hebt gestudeerd. Overal lag muziek. Boven op en onder de piano. Op de vloer ernaast en op de kruk en de bank. Bij de radio op de eetbar. Ik heb het allemaal maar op een stapel gelegd.'

Hij grinnikte. 'Gisteravond ging het opeens lekker. Toen heb ik het hele repertoire maar eens doorgenomen.'

Natuurlijk hield hij voor zich dat het spelen zo lekker ging omdat hij het vanuit een andere invalshoek had gedaan. In plaats van gewoon braaf huiswerk te oefenen, had hij zich voorgesteld hoe aardig het zou zijn om paar stukjes te kunnen spelen voor Lotte, zoals zij zo'n salsa ten beste kon geven.

En opeens kwam het van binnenuit in plaats van uit zijn gedachten. Het was alsof de melodietjes vertolkten wat hij van binnen voelde. Een walsje porde zijn optimisme op. Een romantische stukje deed hem zichzelf zijn zwak voor Lotte bekennen. En door het *crazy* kroegdansje wist hij dat hij lol met haar wilde schoppen, en dan maar zien wat ervan kwam.

Nu in de eetkeuken gooide hij het kaartenmapje terug op tafel en schonk hij een tweede kop koffie in. 'Ik zal dit dingetje straks even bij haar in de brievenbus gooien,' zei hij. 'Ze woont hierachter, in de Berkenlaan.'

Annebeth had bedachtzaam toegekeken. 'En ze werkt vandaag op kantoor. Jullie zijn samen uit geweest,' zei ze.

Ard trok zijn wenkbrauwen op, maar liet zich niet uit zijn tent lokken.

'Was het leuk?' vroeg ze.

Hij knikte. 'Ja, het was leuk.'

'Hoe heet ze nog meer dan Lotte?'

'Van der Elster.'

'En…?'

'St,' deed Ard met zijn wijsvinger op zijn lippen.

'Ze is toch niet getrouwd?' deed Annebeth geschrokken.

'Welnee! Gescheiden. Twee dochters.' Terwijl hij het zei wist hij dat hij erin stonk.

Hij dronk zijn koffie. Zij vond die nog te warm.

'Zaterdag rijdt ze met me mee naar Groningen,' zei hij. 'Ze kent de stad nauwelijks, is er ooit als kind geweest, gaat winkelen als ik bij de jongens ben.'

Annebeth merkte grinnikend op dat ze dat mapje dan hard nodig had. En dat het goed uitkwam dat zijzelf zaterdag wat anders had. 'Want ik heb de oudste rechten. Maar kijk, ik doe natuurlijk een stap terug als jullie iets met elkaar hebben. Dat gaat voor. Hebben jullie iets met elkaar?'

Hij keek haar aan zonder iets te zeggen. Wat moest hij ook? Ze hadden niets met elkaar. En ze hadden van alles met elkaar. Hij snapte dat, maar om dat nu breeduit te gaan uitleggen.

Annebeth dronk haar kopje leeg en zette het neer. 'Ik weet genoeg,' zei ze resoluut. Ze stond op, pakte het etuitje van tafel en bewoog het voor zijn neus heen en weer. 'Niet in de brievenbus gooien maar persoonlijk overhandigen,' zei ze. 'Zo wil een vrouw dat. Neem dat maar van mij aan. Ik heb ervaring.'

15

Lotte had het op kantoor te druk om Ard nog een keer op te bellen. Er moest opeens met spoed een persbericht uit naar een toonaangevend vakblad over het besluit dat de groep voedingstechnologie de vorige dag nam om de receptuur naar nieuwe inzichten van gezonde voeding te wijzigen. En ja hoor, de deadline van precies dát vakblad was nú. Ja, nú. Ze had telefonisch biddend en smekend uitstel bedongen. 'Oké dan. Tot drie uur. En geen fractie van een milliseconde later.'

Jaren was er over zout, vet, vitaminen en vezels nagedacht, maanden over vergaderd, en opeens op een doodgewone dinsdagnamiddag viel het besluit. Gezondheid! Actueel! Hun voortrekkersrol zou stof doen opwaaien, de kranten zouden het bericht oppikken en *free publicity* was nu eenmaal bergen goud waard.

En zoals altijd leek het iedereen die het persbericht niet hoefde te schrijven doodsimpel om te maken. Vijf minuutjes werk. 'Aan m'n hoela!' riep Lotte onverbloemd. 'Als jullie willen dat er precies wordt gepubliceerd wat jullie te zeggen hebben, moet het persbericht zó in elkaar steken dat elk woordje en elke zinnetje dat eruit wordt gehaald, ergens anders op een andere manier maar met dezelfde zeggingskracht terugkomt.'

'Het is ook altijd hetzelfde liedje,' mopperde ze tegen Karin, 'ik heb het al duizend keer uitgelegd.'

'Ik doe alle andere dingen,' zei die, 'maak je daarover geen zorgen.' Persberichten schrijven was nu eenmaal Lottes sterke kant.

Een kwartier voor de uiterste tijd had ze het bericht doorgemaild, want natuurlijk lukte het ook dit keer, daar diende stress voor. Waarna ze van zichzelf én Karin had mogen ontladen door een extra bezoek aan de kantine om vervolgens op haar gemakje verder te klussen aan de pagina over de fotowedstrijd op de website.

Intussen had ze zitten peinzen of ze Ard opnieuw zou opbellen. Annebeth zou haar telefoontje doorgegeven hebben. Zou ze al weten dat Ard haar, Lotte, meenam naar Groningen? Gisteravond speelde hij piano. Wat was het gek om opeens niet te durven aanbellen en zijn huisdeur voorbij te gaan. Maar vanuit haar ooghoeken had ze hem gezien, achter de piano, zijn blik gericht op het muziekboek. O, niemand, niemand mocht dit weten!

Wat was wijs in verband met het klantenkaartmapje? Dat vroeg ze zich na die drukke dag thuis opnieuw af. Bellen? Of toch afwachten? Misschien had Annebeth het telefoontje niet doorgegeven, dan lag het mapje nog steeds in de auto op de vloer voor de voorstoel.

Toch gewoon even aanlopen? Voor of na het eten? Zou hij überhaupt thuis zijn?

Tegen beter weten in keek ze uit het keukenraam die kant op. Wat belachelijk eigenlijk dat ze zó vlak bij elkaar woonden en niets van elkaar konden zien, helemaal nu het gebladerte zich verdichtte.

Ze liep het terras op en snoof de buitenlucht op. Het was een frisse dag, het had geregend en het rook daardoor lekker. De tuin en het populierenbosje lokten. Ze luisterde er naar de vogels en hoorde gekraak van takken. Een vogel? Een kat? Het leek alsof er iets bewoog bij het hek van Ard.

Opeens vond ze het te gek voor woorden dat ze onder het mom van opsnuiven van de buitenlucht de boel stond te bespieden. Hou toch op, ze was geen puber, ze was een volwassen vrouw die zich aardig wist te redden in het leven en het werd tijd dat ze zich daar weer naar gedroeg. Ze liep terug, stapte de keuken in, zette de radio aan, bereidde een hapje eten voor, en terwijl dat kookte belde ze vanuit de woonkamer naar Ard. Hij vroeg nog voor ze haar vraag kon stellen of het schikte als hij over een klein uur het etuitje kwam brengen. Dan konden ze gelijk nog wat dingen voor zaterdag afspreken.

'Zo ken ik mezelf weer,' zei Lotte toen ze de hoorn neerlegde. 'Weg met dat geneuzel.'

Dat was precies wat Ard tegen zichzelf zei toen hij had neergelegd. 'Zo, dat is aanpakken. Van haar en van mij. Zo hoort het. Weg met dat afwachtende gedoe. *Let's go macho style.*'

Lotte was niet alleen klaar met eten en opruimen van de keuken toen ze de voordeur voor Ard opendeed, ze had zelfs even snel gedoucht en een makkelijke spijkerbroek, een stippeltjes-T-shirt en gympen aangetrokken. Dat deed ze meestal 's avonds, en waarom zou het anders moeten nu Ard haar mapje klantenkaarten kwam terugbrengen.

Ze was er een beetje verbaasd over hoeveel zielenrust het gaf om rationeel over haar en Ard te denken en zich niet van alles af te vragen. Hét bewijs dat het goed was zo.

Ard droeg ook een jeans, met een blauw poloshirt. 'Zit er nu ook een grapje in je outfit?' vroeg ze terwijl ze hem lachend op nam. Hij sloeg de kraag om, de onderkant was rood.

'En bij jou?'

Ze wees op haar oorbellen.

'Hé, ook gestippeld.'

Ze vroeg of hij ook een drukke dag had gehad en vertelde terwijl ze de koffiemachine vulde over het persbericht en hoe lastig die dingen altijd weer waren.

Doordat ze geen poespas maakte, zei ze opeens iets wat haar zelf enorm verraste, vooral ook omdat het niet nadrukkelijk maar op een doodgewone babbelmanier ging.

'Fijn dat je het mapje aanbrengt, Ard. Bedankt. Ik zou het morgen nog niet direct nodig hebben, ik hoef bijvoorbeeld niet te tanken. Maar ik vind het wel erg gezellig om je te zien en om even een babbel bij de koffie te hebben. Het houdt me namelijk nogal bezig dat het klikt tussen ons. En ik vind het zelfs al een beetje gek dat we zo dicht bij elkaar wonen en toch enigszins formeel moeten doen omdat we elkaar amper kennen. Het is net alsof we de tijd een beetje vooruit zijn. Nou ja, zo denk ik er over.'

De koffie was toen doorgelopen en ze was aan het inschenken gegaan. 'Drink je filterkoffie ook zwart, net als espresso, of met suiker en melk?'

'Met suiker en melk.'

Hij was aan de keukentafel gaan zitten en Lotte zette de koffiekoppen en toebehoren neer.

'Mooi dat je dat zegt, ik denk er net zo over,' zei hij terwijl hij een schep suiker in zijn koffie deed en een cup koffiemelk uit het schaaltje pakte. Hij peuterde het open.

'Je zei dat het net is of we de tijd een beetje vooruit zijn. Alsof de tijd nu de slak geworden is die wij inhalen. Misschien omdat we de jongsten niet meer zijn. Misschien omdat we levenservaring hebben. Maar dat is allemaal niet belangrijk, het feit ligt er. Daar heb ik over nagedacht, gisteravond toen ik pianospeelde.'

Hij roerde de koffie, pakte een van de stroopwafels van het schoteltje en nam een hap. Lotte nipte van de koffie die eigenlijk nog te warm was.

'Ik heb daarnet het nieuwe tuinhek bekeken,' zei Ard. 'De bedoeling ervan is een afscheiding te zijn van de gemeentegrond en het populierenbosje. Er kan een poortje in. Gespuis weer je toch niet, dat klimt er wel overheen en Ploeter maakt geen poortjes open. Kijk, dan kunnen we gemakkelijk bij elkaar aanlopen, zonder te bellen of helemaal te moeten omlopen. Als ik thuis ben is de bijkeukendeur altijd wel los.'

Lotte klapte in haar handen. 'Precies wat ik bedoel, alleen is bij mij de deur wel altijd op slot. Maar ernaast staat zo'n sierbezem. Je weet wel zo'n ding waarop een heks het luchtruim kiest. Van de steel is een stukje afgezaagd. Een kurk sluit dat af, maar als je die eruit trekt zie je dat de reservesleutel van de keukendeur er met een touwtje aan vastzit.'

'Wat ben jij slim!'

'Nee, hoor, het was een idee van mijn klusjesman Stef, toen ik voor de zoveelste keer bij hem op de stoep stond omdat ik mezelf had buitengesloten.'

Ard pakte nog een stroopwafel.

'Je hebt toch wel gegeten?'

Hij lachte. 'Nou en of. Maar ik kan nooit stoppen met stroopwafels.'

'Dit zijn de laatste. Dat komt dan goed uit.'

'En wat betreft zaterdag. Wat dacht je van negen uur?'

'Prima.' Lotte pakte het mapje van tafel. 'Ik zal dit zeker meenemen. Marije wist te vertellen dat het in Groningen wemelt van de leuke winkeltjes. Een vriendin van haar, die kapster is, heeft er een paar jaar gewerkt. Marije suggereerde dat ik best alvast een verjaardagscadeau voor haar kan kopen. Ze wil een leren tas uit een heel speciale winkel. Het adres mailt ze me door. En wat zijn jouw plannen met de mannen?'

Ard vertelde zo wat. Lotte luisterde. Ze voelde zich heerlijk ontspannen, gelukkig en verwachtingsvol. Het was zo gewoon en echt zoals ze aan het praten waren, zo zonder flirt of vertoning. Dat mens van het Amerikaanse boekje kon hier wat van leren.

Voor ze het wist legde ze haar hand op de zijne. Ze keek hem aan, maar wist opeens niet hoe ze het zeggen kon. Hij keek terug en legde zijn andere hand weer boven op de hare.

'Goed, hè?' zei hij.

Ze knikte.

Zijn hand gleed een paar maal zachtjes over de hare.

'Gisteravond speelde ik piano. Het ging heel goed ook al waren mijn gedachten nogal bij jou. Zo grappig zoals je je voet uitstak om te laten zien dat je schoenen net zo rood waren als je ketting. Hoe we op Schiphol vanuit het niets recht op elkaar afliepen. Dat je op de rolband van het winkelcentrum zo echt vrolijk was omdat je bij Catootje ging eten. Hoe je de salsa danste en noem maar op. Ik vond dat ik me gelukkig mocht prijzen dat ik je heb leren kennen. En ook dat we het ons niet mogen laten ontglippen. Want dit met jou is van een absoluut ander kaliber dan... nou ja... wat ik na de scheiding met vrouwen had.'

'Precies,' zei Lotte. En niet dat ze óók na haar scheiding, enzovoort. Misschien kwam dat nog wel eens ter sprake. Het was niet iets om je voor te schamen. Vallen en opstaan hoort bij het leven, zonder dat was er geen levenservaring en kwam je geen stap in je ontwikkeling verder.

Ard had zijn hand van de hare genomen, en haar hand gleed terug naar de tafelrand. Ze speelde even met het lege koffiemelkkuipje en keek toen op.

'Gek, hè?' zei ze.

'Zeg dat.'

Ze stond op om opnieuw in te schenken. Ook hij stond op. Opeens lag zijn arm om haar schouder. Ze legde haar hoofd tegen hem aan. Een heel poosje stonden ze zo. Dat was voldoende.

Er lag nog één stroopwafel in het schaaltje. Ard brak hem door midden en gaf Lotte een stuk. 'Het is zo gemakkelijk om van het een het ander te laten komen,' zei hij, 'te meer omdat het met woorden lastiger te zeggen is wat ik wil dat je weet. Maar dat makkelijke wil ik niet. Het is goedkoop en dat past niet bij ons, niet zoals het ontstaan is.'

Lotte knikte.

'Toch wilde ik je daarnet even bij me hebben.'

Nu glimlachte Lotte. 'Dat was ook erg fijn.'

Ze dronken hun koffie. Toen Ard zijn kopje terugzette, stak hij opeens van wal. Hij zei dat wat er tussen haar en hem was zo anders en zo nieuw was. Dat je er alleen geen *operation instructions* bij kreeg zoals bij een dvd-speler of digitale camera, en tegelijk was dat juist prima omdat het ongewisse prikkelde tot nadenken waardoor het hem in beslag nam. Hij hield niet van voorgebakken, of het moest stokbrood zijn. Wat hij bijvoorbeeld door Peter over kennismakingen via websites wist, nee, dat vond hij niets. Bovendien, zijn sololeven was bepaald niet ongelukkig ook al merkte hij best dat er iets wezenlijks ontbrak. Een lege ruimte was er, die zich sinds hun kennismaking eigenlijk steeds automatisch leek vol te zuigen met van alles over haar. Het was fijner om in het leven weerklank te hebben. Dat was zo'n beetje wat hij zeggen wou.

'Bier, wijn, spa?' vroeg Lotte.

Omdat het een doordeweekse dag was, spa.

'Ik heb intussen natuurlijk zo mijn eigen leven gekregen,' zei Lotte. 'Acht jaar, wat wil je. Eerst was er de zorg om de financiën. Toen dat leek te lukken door de praktijkruimte te verhuren en mijn baan uit te breiden naar een volledige werkweek, waren er de zorgen om de meiden. Toen die de deur uit waren, kwam ik zelf aan de beurt. Een verwarrende tijd. Wilde ik nu wel of niet een partner? De leuke mannen bleken toch bij hun vrouw te blijven. De niet leuke gingen meteen al op me leunen. Toen werd de overgang spelbreker. Ik voelde me rot en twijfelde aan alles, behalve aan mijn werk. Samen met mijn vriendin Karin werd ik hoofd van de pr. We zijn even oud, en samen lachten we om onze opvliegers en praatten we over ons tobben. En toen opeens was dat allemaal voorbij. Idioot, de mist trok op en de zon scheen weer. Mensen deden weer normaal tegen me. Ik begreep weer wat de meiden me vertelden en richtte bijvoorbeeld de gymclub op. Door alles wist ik ook dat ik weliswaar geen man meer hoefde, maar wel wilde. Een vriend, heel ouderwets, een levenskameraad en absoluut geen minnaar-zonder-meer, zoals dat tegenwoordig gaat. Want het hele programma van flirten, zoenen, strelen en vrijen is natuurlijk prachtig, maar dat ken ik intussen wel. Zoals dit tussen ons, dat is waar ik stiekem over droomde.'

'Persoonlijk ben ik niet echt een tegenstander van het programma dat je noemt,' zei Ard met een uitgestreken gezicht. Ze schoten in de lach.

Maar daarmee was het onderwerp niet van de baan. Lotte zei dat ze het ontzettend braaf vond klinken, maar dat seks voor haar een andere betekenis had gekregen. Dat het heerlijk moest zijn om weer je genegenheid te kunnen uiten. Dat stond op de eerste plaats. De lust die dan vanzelf geprikkeld werd, was op het volgende plan terecht gekomen.

'Ach,' ging ze verder, 'bij mij past het niet meer wat zo in het algemeen geldt, dat vrouwen zich aangetrokken voelen door mannen die het goed doen in de maatschappij, en mannen door vrouwen met een smalle taille en brede heupen. Hoe enorm groot de invloed van hormonen is, leerde de overgang me. Dus de seks om de seks past me niet, het andere verwelkom ik. De warmte van bij elkaar zijn. Van een lach, een traan en een zoen. Van een arm om je heen. Van elkaar willen aanraken zonder dat het per se opwindend moet zijn.' Ze lachte. 'Maar het is allemaal theorie, want van het toepassen in de praktijk is het nog niet gekomen.'

Waarna ze de fles spa leegschonk, intussen zei dat ze eigenlijk helemaal niet zo'n serieus mens was en opeens snel in de woonkamer een cd opzette. De eerste klanken kwamen tegelijk met haar terugkeer in de eetkeuken.

'O nee, salsa!' riep ze uit. 'Dat was niet de bedoeling!'

'Vijf minuten, net als bij La Bandera,' riep Ard lachend uit.

Maar nee, Lotte zette zo snel ze kon een andere cd op. 'Gewoon vrolijke salonmuziek. Aangenaam om huishoudelijke klusjes bij te doen,' riep ze vanuit de woonkamer. Toen ze de eetkeuken binnen-kwam, stond Ard haar met open armen toe te lachen. 'Ik wil best een huishoudelijk klusje zijn, maar de foxtrot kan ik dansen.'

Er stonden meer foxtrots op de cd, maar niet alleen daardoor werd het voor een doordeweekse dag laat. Logisch natuurlijk, er was nogal wat om over te praten. Twee uur was het toen Lotte het bedlampje uit-knipte. Dat er van slapen weinig zou komen, scheelde haar geen biet. En het ophalen van romantische herinneringen om de nacht door te komen was een kil surrogaat naast de realiteit van een avond als deze. Want hoe ongelooflijk en bijzonder was het om een levensvriend te krijgen. Hoe speciaal waren hun gesprekken. Wat fijn hadden ze ge-danst. Maar wel met de gordijnen dicht! Eerst lachend om de grap er-van. Bij een volgend nummer vrolijk en zelfs baldadig swingend. En toen langzaam en dicht tegen elkaar, zij met haar gezicht tegen zijn schouder. Toen zijn hand haar hals liefkoosde, had ze opgekeken en warmte in zijn blik gelezen waardoor ze hem kuste toen hij haar dat deed.

Zo kwam die eerste zoen en daarna de andere. Ze hadden een vuurtje in haar aangestoken, een vrolijk flakkerend vuurtje van ge-zaagde stammetjes en houtsnippers, geen kunstvuurtje dat smeulde op aanmaakblokken, maar een waarvoor je telkens met zorg een nieuw stuk hout uitkoos, dat dan de vlammen weer liet dansen in een willekeurig maar daarom spannend ritme.

Ze vond het een mooie beeldspraak maar de inspiratie ervoor kwam door wat Ard zei over het houtvuur in de grote haard van het Franse huis.

'Heb je al vakantieplannen?'

'Ik ga niet meer weg. Ik ben al naar Florida geweest...'

'Ken je de Vogezen?'

'Kennen niet. Wel van doorreizen met de auto.'

'Ga je een keertje mee?'

'Vast wel, als het mag.'

'Als het je te veel wordt, is er altijd nog het gastenverblijf...'

'Dat geeft de doorslag!'

Ze schoot er ook nu in het donker van haar slaapkamer weer van in de lach. En ze bleef glimlachen bij de herinnering dat zijn vriend Peter had gezegd dat hij niet uit zijn doppen keek en dat Frank en Els hem adviseerden om toe te happen, net als Annebeth.

En zij had van dat alles niets afgeweten... zij waande zich initiatiefneemster. Ook door Karin die haar had bevestigd. Alsof zij, vijftigers, nog maar achttien waren. Nota bene, ze waren toch oud en wijs genoeg.

Maar mondje dicht voorlopig. Alleen Karin... maar niet de kinderen, ook geen familie... eerst eens zien wat het nu eigenlijk tussen hen werd... vooral bij het hek, want als zij dat met een vingerknip zó kon openen om suiker te lenen... Ze sliep.

Met Ploeter zou ik nog een eind kunnen gaan lopen, dacht Ard toen hij via de Wilgenlaan naar huis wandelde. Het was zo stil dat hij de kerkklok in het oude dorp het halve uur hoorde slaan. Half twee. De tijd was omgevlogen.

Toen hij de Beukenlaan insloeg bedacht hij zich dat een mens ook zonder hond een ommetje kan maken. Het was een frisse, maar niet onaangename avond. Toch pakte hij thuis zijn jack van de kapstok voor hij verderging. Hij liep tot de vijver. Zijn ogen waren aan de duisternis gewend geraakt. Hij zag een groepje eenden geruisloos over het spiegelgladde water wegzwemmen, met achterlating van wegdribbelende golfjes.

Zoals die golfjes gingen zijn gedachten. Het ene maakte plaats voor het andere maar toch dribbelden ze vervolgens mee in de lange rij die al eerder achtergelaten was. Maar een touw was er niet aan vast te knopen.

Het was goed zo wat te lopen en tegelijk vroeg hij zich af wat hij hier deed, midden in de nacht op een doordeweekse avond terwijl hij de volgende morgen, nu dus, om zes uur op moest staan wilde hij voor de files uit op de bouwplaats zijn voor een bespreking.

Waren die paar uren niet beter te besteden?

Niet om te slapen. Niet om te werken. Niet om piano te spelen.

Wel om terug te gaan naar Lotte.

De sleutel van haar achterdeur zat immers in de steel van de heksenbezem?

Nee…!

Zachtjes lachend liep hij rechtstreeks terug naar huis. Hij ruimde de etensboel in de keuken op omdat kaboutertjes nu eenmaal niet bestaan, zette de vaatwasser aan, neusde wat in de krant, streek een paar shirts en ging toen toch maar gewoon naar bed. Gewoon wat liggen was ook best.

Hij deed zelfs het licht uit. Met zijn handen onder zijn hoofd keek hij in het donker. Hij dacht aan het poortje en het type slot. Hij zag het zichzelf al doen, dat poortje van slot doen, de tuin uit lopen, het populierenbosje in. Dan de groenstrook door, haar tuin in en, plok, de sleutel uit de bezemsteel. De bijkeukendeur week, hij stapte naar binnen. Ze liep boven. Gedempte voetstappen klonken als ze in de slaapkamer was, klikklakkend met haar hakjes in de badkamer.

Hij wilde naar boven roepen dat hij het was die binnen was gekomen. Maar zijn stem was idioot zwak. Zo hoorde ze hem natuurlijk nooit. Als ze maar niet schrok, maar nee, natuurlijk niet, daar was ze al. In de kleine hotelsuite waarin hij wel overnachtte als er te veel gespuis in het huis van zijn zoons bivakkeerde. Op de begane grond, met terras en de geuren van de kruidentuin. Wat leuk dat je hier ook naartoe gekomen bent, zei ze lachend voor ze een foxtrot opzette. Ze trok het rode jasje aan en vroeg of hij stroopwafels wilde bij het ontbijt.

Hij werd wakker en wist opeens hoe hij wilde dat het verderging. 'Ze zei immers dat ze het weekend niets op het programma had?' mompelde hij. Dan kon hij beter te vroeg dan te laat actie ondernemen. Hij trok zijn badjas aan, liep de trap op naar zijn werkkamer, schakelde de computer aan en keek tijdens het opstarten van de programma's uit het raam van de dakkapel. Er was geen ster te zien.

16

Het is een mooie rit naar Groningen. Zelden of nooit is het hectisch op de snelwegen die kant op. Door het ruime landschap met de weidse luchten ben je er voor je het weet. Nu kon je Lotte en Ard natuurlijk niet rekenen. Ook als die twee vast hadden gezeten in een gordiaanse randstadfile was de tijd omgevlogen. Zoveel gespreksstof was er, zoveel aandacht voor hun verhalen en zoveel nieuwsgierigheid naar hun beider hoe en waarom.

Lotte vertelde veel over haar werk, omdat er veel interessants over te zeggen viel, maar ook omdat haar werk een groot deel van haar leven vormde. Het had haar destijds precies de veiligheid en structuur geboden die haar in het leven houvast gaven als aan een laatste strohalm. Neem het bijtijds opstaan om op tijd op kantoor te zijn, en de met drukte gevulde dagen. Aan de ene kant wilde ze wel meer vrij hebben om gewoon op een doordeweekse dag thuis een beetje te kunnen rondlummelen. Maar daar was ze wél alleen. Had ze geen aanspraak. Was er niemand die vroeg hoe het ermee ging, niemand aan wie ze kon vertellen dat ze iets gezelligs had gedaan. Dat gold te meer toen Bonne en Marije niet meer thuis woonden, want die noodzaakten natuurlijk ook tot op tijd eten, de was doen en naar bed gaan. Toen haar baan haar niet meer in het gareel hoefde te houden, werd het een sport om van het privéleven ook iets leuks te maken.

Ard vond dat ze zich tekort deed door het een laatste strohalm te noemen omdat ze een overlevingsstrategie had gekozen. Hij zei dat hij daar respect voor had. Daardoor keek ze even met andere ogen terug. Even inderdaad, want het leven was veel te mooi voor terugblikken, en erover nadenken kon altijd nog.

Zijn overlevingsstrategie in de eerste tijd na de echtscheiding was het huis in de Vogezen geweest, vertelde hij. Slopen, betonstorten, metselen en timmeren. Toen er weer een huis stond, was hij de rottigheid kwijt.

Zij keek regelmatig even opzij naar hem. En hij moest af en toe naar haar kijken. Het heldere daglicht zette telkens de spot op iets anders in hun uiterlijk. Dan weer was het de ronding van haar wang of de enigszins gebogen lijn van zijn neus. Dan was het zijn mannenhand op het stuur of haar vrouwenhals die glans kreeg van de zon. Of zijn oor en sjaal, haar krul of lachende mond. Of de goudkleurige knoopjes van haar witte bloesje, die pasten bij het streepje in haar broek en goudkleurige instappertjes.

Hij kon het niet laten om eventjes haar hand te pakken. Zij niet om een seconde lang haar hoofd tegen zijn schouder te leggen.

Over Ierland ging het en vriendschappen. Over de golvende Vogezen, Fransen en Amerikanen. Over zoons en dochters, hun toekomst in een land met ruimtegebrek, werkloosheid en woningnood. En over nog duizend dingen meer.

'Waarom moest ik nu toch op het laatste moment een overnachtingskoffertje pakken?' vroeg Lotte terloops alsof het eigenlijk niet echt belangrijk was, in de hoop dat Ard vergat dat hij het niet zou verklappen. 'We gaan toch niet naar het eind van de wereld? In deze tijd van het jaar is er toch geen gevaar voor dichte mist of gladheid? En als jij graag bier of wijn drinkt bij het eten rij ik toch terug?'

Hij liet zich niet uit zijn tent te lokken. Ook in de parkeergarage hartje stad wist ze het antwoord niet, noch toen ze over de zaterdagmarkt naar het café aan de Grote Markt liepen waar ze elkaar in de namiddag weer zouden ontmoeten.

Hij wees de Martinitoren aan als oriëntatiepunt. Waar het een paradijs was om te winkelen. In welke richting het museum lag. Waar de stadswandeling startte.

'Slapen we soms in een hotel? Dan ga ik er misschien alvast een kijkje nemen. Waar is het?' probeerde ze nog een keer.

'Kijk, daar is een informatiekiosk. Ze weten er op alles antwoord,' luidde het met een snelle zoen erbij gegeven antwoord. En weg was hij.

Lotte haalde haar hart op. Wat was het heerlijk om alle tijd van de wereld te hebben. Juist dan slaag je zonder een centje moeite. De tas voor Marije had ze in elk geval meteen te pakken. Meer hoefde niet, maar alles mocht. Daarom paste ze zomerjurken en zonnehoeden, touw-schoenen en linnen laarzen, een badpak met bijpassende strandjurk en ook nog allerlei bloesjes en T-shirts. Enig allemaal, maar ze kocht niets.

In een warenhuis onderging ze bij een demonstratie een verkwik-kende stoelmassage. Ze proefde er nieuwe minisnacks en kocht voor Ard een kookboek over de Italiaanse keuken. Ze lunchte met een sa-lade met kip, keek een uur in het museum rond, slenterde een stukje langs de wandelroute en probeerde zich voor te stellen hoe het er was toen Ard klein was.

Toen was het tijd om terug te gaan naar de Grote Markt. Op de markt was het nog druk, net als op de terrassen in de opnieuw door-gebroken middagzon.

Opeens stond Ard daar bij een tafeltje. Ze haastte zich naar hem toe.

'Ben ik te laat?'

'Welnee, ik ben te vroeg.'

'Uitgepraat met de jongens?'

'Dat niet snel. Maar de meiden met wie ze naar dat feest moeten, kwamen eerder. Met Mexicaans eten. Dáár hoef ik niet bij te zijn!'

Hij dronk bier, zij bestelde ook. Ze knabbelden van de pinda's die erbij waren. Het was hem gelukt om niets over haar aan de jongens te zeggen. Alleen dat hij tarbot had gebakken en in een café was geweest waar salsa werd gedanst, wat hij immers ooit op de Grote Markt ge-demonstreerd had gezien.

'Maar niet dat je er met een mevrouw was?'

'Jawel, maar ze weten niet beter of die mevrouw heet Victorine.'

'Vroegen ze nog naar Annebeth?'

'Welnee, zeg.'

Lotte maakte een handgebaar naar de omgeving. 'Dat jij hier nu bent opgegroeid. Als schooljongen door al die straten en stegen liep. Waar stond je school? Waar jullie huis?'

Hij vertelde en wees richtingen aan. Maar toen het lawaai van het afbreken van de markt en manoeuvrerende bestelauto's hun te bont werd, liepen ze terug naar de parkeergarage. Onderweg wees hij aan

171

welk straatje je in moest naar het huis van zijn zoons, tenminste, als je aan het eind rechtsaf sloeg.

'En nu gaan we naar…?' vroeg Lotte.

'De auto,' zei hij met een schaterlach.

Ze reden de stad uit.

'Het is amper tien kilometer naar ons hotel,' zei Ard opeens. 'In de achttiende eeuw was het een herberg met hoefslag, later werd het restaurant. Dat is het nog, maar er zijn hotelkamers bijgekomen. De rest zie je straks wel.'

Al gauw reden ze een door twee enorme bruine beuken bewaakte oprit naar een parkeerterrein op. Grind knarste onder de banden. In de namiddagzon kleurden de oude stenen roodachtig op in de gevel van een landhuisachtige boerderij.

'Kijk, die kamer hebben we,' wees hij. 'Achter die buxushaag ligt de kruidentuin.'

Ze liepen er via de receptie heen.

'Het is een kleine suite. Dit is de zitkamer, daar is de slaapkamer en die deur is van de badkamer. En door deze tuindeuren kom je op het terras.'

Ze gingen naar buiten en bekeken de kruidentuin. Het geurde er verrukkelijk. Naar tijm en oregano, wist Lotte met stelligheid. Ze dronken op ijzeren tuinstoeltjes het welkomstdrankje dat door een ober werd gebracht. Ard legde zijn sjaal over haar schouders toen het fris werd.

Het werd tijd om te gaan dineren.

Lotte toverde het rode jasje en de zwarte broek uit haar overnachtingskoffertje tevoorschijn. 'Je zei een tandenborstel en pyjama,' zei ze. 'Maar ik ben niet gek, natuurlijk dacht ik aan een etentje met overnachting. Kijk, ook de rode schoentjes. Want alleen al het idee om na een dag winkelen 's avonds op hoge hakken te moeten lopen…'

Toen Ard uit de achterbak van de auto zijn jasje pakte dat hij daarnet was vergeten, bewonderde Lotte de badkamer.

'Ik wil graag het stadsstof van me af douchen.'

'Ik ook.'

Ze keken elkaar aan.

'Tja,' zei zij.

'Hoe bedoel je?' vroeg hij.

Ze legde haar hoofd tegen zijn schouder. Hij sloeg zijn armen om haar heen. Ze kusten elkaar. Hij trok zijn sjaal weg van haar rug en nam een van de goudkleurige knoopjes van haar bloes tussen duim en wijsvinger.

'Van dit soort details hou ik,' zei hij.

'Ik ook' zei Lotte op een toon die duidelijk maakte dat ze niet het knoopje bedoelde.

Ze lachten. Lachten opnieuw. Ze bleven opeens lachen. Ze wisten best dat ze zo lachten omdat de spanning brak. Ze was allang niet meer in zijn armen. Ze ploften gierend van het lachen neer op het bed. Ze schaterden van opluchting omdat ze zonder iets te hoeven zeggen wisten dat ze niet voorzichtig of omzichtig met elkaar hoefden te zijn.

Nee, ze zeiden wel iets. Tegelijkertijd, toen ze elkaar weer aankeken. Of zeggen... het was meer een begroeting. 'Hé hallo!'

173